KB043992

집에서 나왔습니다

차례

'집에서의 나는 시들고 꺾어진 꽃,
밖에서의 나는 시들었다 다시 피는 꽃'

아빠 나는 집에서 나왔어.

그것도 20살이라는 나이에. 남들보다는 조금 빠른 것 같지? 아빠가 이 사실을 알면 조금 속상하겠네. 아빠 사실 나는 집에서 나온 적이 이번이 처음은 아니야. 고등학교 시절에도 1년 정도 밖에 나와서 살았어.

어느 순간부터 집이라는 공간이 내게 의문이 들었어. 집은 편하게 쉴 수 있는 곳이 아닐까? 피곤하고 지칠 때 가장 먼저 생각나는 공간이 아닐까? 하지만 나는 그것과는 완전히 거리가 멀었어. 불편하고 답답하고 편하게 숨이 안 쉬어지는 곳. 그렇게 나는 집이라는 공간을 두고 두 개의 모습이 존재했어.

'집에서의 나는 시들고 꺾어진 꽃, 밖에서의 나는 시들었다 다시 피는 꽃'

집에서의 난 항상 무뚝뚝하고, 우울하고, 짜증이 나 있었다면. 밖에서의 나는 말도 많고, 많이 웃을 수 있었어.

점점 집에서 나는 하루에도 수십 번씩 마음에 불이 나기 일쑤였지. 그러다 더는 꺼지지 않을 정도로 커질 때쯤 나는 내 그런 마음을 감당할 수 없어서 그냥 외면해버렸어.

이제는 마음이 가족에게도, 친구에게도 너무 멀리 돌아와버린 줄만 알았던 내가 환경을 바꾸면서 다시 일어나 나를 찾기 시작했어.

나에게 지난 1년이 없었더라면 글을, 사람을, 그리고 나를 사랑하지 못했을 거야.

집에서 나와서 지금은 너무나 편하고 좋아. 처음에는 외롭고 버틸 수 있을까 싶을 정도로 힘들었지만, 이 감정들이 서서히 지나가서 나를 만들었어. 그 시기가 지나고 나니 엄청나게 활활 타오르고 있어 분노가 아닌 의지로 지금 이렇게 책을 쓸 수 있는 용기를 준 것처럼 말이야.

나는 집에 있으면서 나오고 싶다는 생각을 조금 많이(아니 정말 많이) 했어.

하지만 쉽게 용기가 나지 않았어. 아직은 능력이 없는 내가 밖에 나와서 산다는 게 얼마나 두렵고 힘든 일인지 예상이 되었거든.

그래서일까 나는 아무리 집에 있기 싫은 순간이어도 어느 순간 내 방 안에 있더라. 나는 가족을 바라보며 방에서 혼자 분노에 차올랐다가 삭히고 괜찮은 척할 때도 정말 많았어. 이런 이야기들을 어디에 해야 할지도 모르겠고, 그저 가족을 마주하기 싫은 순간들로 가득했어.

밖에서의 나는 누군가 버린 쓰레기를 먼저 가서 주워 버릴 수 있는 용기도 있었고, 누군가 도움을 요청할 때 서슴없이 도와줄 수 있는 마음도, 불편한 자리에 가도 내색하지 않는 표정도 가지고 있는 사람이었어. 그리고 상대방의 마음을 먼저 배려해주는 행동을 하는 사람이었지만, 가족을 보면 하루 아침에 사라져도 괜찮을 것 같았어. 점점 이런 마음들이 나를 괴롭히기 시작했어.

난 포장지만 멀쩡하지, 그 속의 내용물은 엉망진창인 사람인데 진짜 나는 누구지? 밖에서의 나? 집에서의 나? 대체 어떤 사람이 나인지 과연 나는 괜찮은 인간은 맞는지, 나는 괜찮은 사람이 될 수 있는지 너무나 혼란스러웠어. 나는 그렇게 냉동인간이 되어 가는 것 같았어. 뭘 해도 무기력했고, 즐겁지 않았고, 사람을 만나는 것도 지치기 시작했어.

이런 내가 원하는 30대, 40대를 꿈꿀 수 있을까? 마음에 딱 하나 남아 있는 의지조차 점점 사라지고 있었어. 그냥 무기력이라는 단어 그 자체인 사람이 되어버렸지.

이런 내가 밖에 나와 더 좋아질 수 있을지 순간 의심이 들었어. 역시나 마찬가지로 처음에는 집에 있을 때보다 더 무기력해지더라고.

그래도 나는 지속성은 떨어지는 사람이지만 어떻게든 장애물은 뛰어넘어야겠다는 마음은 남아 있었어. 어디로 향할지 몰랐던 내가 이대로 살다가는 정말 내가 꿈꾸던 30대를 이루지 못하는 거 아닌지 너무나 무서워 다시 정신을 차리려고 발버둥을 치기 시작했지. 처음에는 쉽지 않았어. 나는 매일매일 내 마음에 소리를 쳤어

'제발 일어나 일어나서 움직여'

거의 움직일 수도 없는 고시원 방 안에서 나는 의지를 불태웠어. 그냥 누군지도 모르는 자수성가한 사람들의 영상을 수도 없이 보고 아침저녁으로 의지의 불씨가 꺼지지 않도록 애쓰며 지냈지.

그렇게 하나둘 간단한 것부터 시작했어. 독서, 산책, 청소, 상담날짜에 상담 잘 가기. 어렵지 않은 일들이 이때 나에게

는 정말 힘들었거든. 그래서 어떤 일이든 하나씩 정해진 시간에 하려고 노력했어. 그러자 정말 신기한 일이 일어났어.

마음이 불편한 집에서는 보이지 않던 것들이 드디어 보이기 시작했고 마음의 꽃이 피기 시작했어. 소소한 것에도 기쁨을 느끼고, 드디어 나를 아끼는 사람이 되었어.

집에 나와서 3번의 이사를 거쳐서 지금은 꽤 괜찮은 집을 얻었고, 소중한 인연을 만나 나를 알게 되었고 지금까지 오게 되었어.

이 모든 것들을 집에서 나오고 나서야 나는 찾을 수 있었고, 찾고 있어. 내게 20년은 이제 사라지고 새로운 1년이 시작되었어.

'스스로 돌봐주지 않으면
그것만큼 외로운 것은 없구나'

시월

아빠. 시월 하면 어떤 게 가장 먼저 떠올라? 나는 야구가 가장 먼저 떠올라. 시월은 가을의 마지막 달, 또 공휴일이 가장 많은 달이래. 나는 야구를 많이 좋아해. 야구는 이달 정규 시즌이 끝나고 포스트시즌이 열리는 가을 야구가 시작돼. 시월부터는 약속이라도 한 듯 평소에 챙겨보지 않던 사람들도 다 같이 야구를 보곤 하는 것 같아.

나는 시월에 집에서 나왔어.

나는 집을 나온 지금을 기점으로 처음 2개월이 가장 힘들었던 것 같아. 돈도 얼마 없이 양손에 짐을 한가득 들고 집에서 나와서는 마땅히 지낼 곳도 없어 보증금 없이 들어갈 수 있는 고시원을 찾아 들어갔어.

처음 고시원에 갔을 때 나는 무지 당황했어. 이런 곳에서도 사람이 살 수 있구나 하고 한숨부터 내쉬었지. 침대, 책상, 2걸음 이면 벽이 닿는 공간, 공용 샤워실, 화장실, 주방……

우연히 그곳에 사는 사람들을 마주쳤을 때, 그 사람들의 눈빛은 정말 넋이 나가 영혼이 없는 것 같았어. 하지만 이런 생각 할 틈도 없이 짐을 풀고 정리를 시작했어. 내 물건은 방 안에 다 들어가지도 않았어. 짐 대부분은 창고에 들어갔지. 필요한 게 있으면 일일이 창고에서 꺼내 써야 했는데 정말 귀찮은 일이었어.

나는 정말 예민한 사람이지만 첫날은 왠지 아무 생각도 하기 싫었는지 그냥 잠이 오더라. 하지만 다음 날 아침이 되어서부터는 조금씩 조금씩 실감이 났어.

난 일단 뭐부터 해야 하지? 아무것도 모르겠고, 앞이 막막해진 거야. 일단 씻고 빨리 정신을 차리려고 했지만 쉽게 마음처럼 되지가 않았어. 시월에는 어떻게든 살려고 발버둥칠 생각도 못하고 축 처지기만 했던 것 같아. 내가 평범하게 집에서 나온 것만은 아니니까. 마음이 좋지 않았어.

나는 상담을 가는 날인데도 갈 수가 없었어. 상담을 가는 것도 마냥 귀찮게만 느껴졌고, 만약 가더라도 상담의 시간이 의미가 있을까? 생각했지. 그냥 스스로 너무 힘들다고, 외롭다고만 생각하며 남에게 내 마음을 털어놓기엔 마음의 문을 굳게 닫아놓은 시기였던 것 같아.

나는 이때 어떤 일을 실행할 때면 마음속으로 이게 정답일까? 이게 과연 가능할까? 하고 계속 질문하며 스스로 질문의 딜레마에 빠졌어. 그렇게 계속 질문만 하다 보니 정작 내가 해야 하는 일들은 놓치게 되고, 그 질문들의 결말은 대부분 나를 부정적인 시선으로 이끌었어. 나는 속으로 해도 안 될 것 같은데, 이것보다 좋은 게 있을 것 같은데 속삭였지. 그렇게 나는 스스로 일어나야 한다는 것을 알면서도 하지 못했어.

그냥 집, 가끔 친구 만나기 정도

하지만 그런 와중에도 나에게 변화의 메시지를 던져준 친구들을 만났어.

내 친구들은 대부분 중학교 때 처음 만나게 되었어. 중학생 시절 같은 반이 되어서 자연스럽게 친해졌지. 고등학교 때부터는 조금 더 끈끈해졌어. 사실 나 고등학교 2학년 때도 1년 동안 집을 나온 적이 있거든(말 못해서 미안).

그때부터 지금까지 항상 곁에 있어 준 친구들이야. 때로는 섭섭하기도 싸우기도 했지만, 같이 있을 땐 항상 많이 웃었어. 지금까지 생각나는 거 보면 정말 내가 많이 아꼈던 친구였던 것 같아.

옆에 있을 땐 몰랐어. 모든 게 당연한 것만 같았거든. 지금 생각해 보면 정말 나에게는 은인 같은 친구들인데. 내가 우울해할 때면 왜 그러냐고 물어봐주기도 하고, 내가 힘들 때마다 항상 옆에 있어 준건 바로 친구인 것 같아. 같이 놀며 즐겁게 웃기도 하고…… 난 남들보다 친구라는 의미의 크기가 컸던 것 같아. 가족과 함께 있는 시간보다 친구를 만나는 시간이 더 편하게 느껴졌거든.

하지만 나는 고등학교 시절부터는 종종 이런 생각을 했어. 나는 휴대폰 게임 같은 존재. 나는 어딜 가든 처음 보는 사람도 누구나 금방 친하게 지냈고 단기간에 상대방과 마음을 교류했던 것 같아. 하지만 휴대폰 게임도 처음엔 재미있게 하다 어느 순간 질려서 삭제해 버리잖아. 나 또한 좀 오래 만나다보면 그런 존재가 되는 기분이 들었어. 어느 순간 나를 배신하고, 불편해하는 느낌을 받았거든.

나는 나 자신에게 물었어. 온전히 나에게만 있는 문제일까? 나만 관계에 미쳐있는 사람일까? 이런 일이 반복되는 거면 나한테 문제가 있는 거 아닐까?

친구, 가족 어디에서나 불편한 존재인 내가 돌아갈 곳은 어디지? 나는 눈물이 날 것 같았지만 멋대로 내 문제는 아닐 거라고 판단했어. 그래서 나는 평소에 친구를 만날 때 보통 미래에 대한 걱정, 힘든 이야기를 대부분 하곤 하는데 내가 우울한 사람처럼 보이기 싫어 친한 누군가를 만나도 나 자신이 아닌 다른 사람처럼 연기를 시작했어. 그냥 장난스럽고 실없는 내용의 이야기들을 억지로 했지. 이런 시간이 반복되다 보니 과연 진짜 나는 누구지? 내게 유일한 친구들을 만났는데 왜 이마저도 불편할까? 하며 혼란스러웠어.

나는 어느 순간 관계에 대해 지친 마음이 들기 시작했어. 점점 이렇게 관계에 중독된 나 자신이 너무 밉게만 느껴졌어. 왜 스스로 이렇게 다른 사람들과의 관계에서 괴로워야 하지? 좀 그만하고 싶다고 생각한 순간 종교도 없는 내가 기도를 하기 시작했어.

제발 사람한테 기대고 싶은 마음이 안 생기게 해주세요, 스스로 일어날 수 있게 해주세요, 관계에 집착하지 않게 해주세요. 하늘을 바라보며 소리 없이 크게 외쳤어.

이런 내가 너무 궁금해졌어. 내가 예전에는 어떤 사람이었는지, 또 지금은 어떤지 그래서 친구들과 다 같이 있는 술자리에서 물어봤어.

"예전의 나는 어땠냐? 지금 많이 힘들어 보여?"

많은 대답 중 가장 솔직한 친구가 한 마디를 꺼냈어.

"많이 달라졌지. 예전에는 뭐랄까 네가 가장 편하고 만나기 부담스럽지 않았다면 지금의 너는 어느 순간 불안한 일, 좋지 않은 일이 있으면 온종일 우울감에 빠져있고, 힘든 이야기들만 밖에 내놓더라. 하루 이틀도 아니고 매일같이 그러니까 점점 너처럼 되어가는 거 아닐까 걱정이 되었어."

그 대답에 대해 나는 한동안 생각했어. 나는 정말 인정하기 싫었어. 당연히 사람은 살다 보면 성격도, 가치관도 바뀌는 거 아니야? 그런 나 자신이 싫었지만, 흥분을 멈추고 받아들였어. 그리고 인정했어. 아무도 날 버리지 않았는데 스스로 나를 괴롭혔구나.

어떻게 해야 내 마음이 일어설 수 있을까. 난 사실 스스로를 돌봐줄 시간도 없이 친구들에게 정답을 찾아달라고 마음 속으로 애원했던 것은 아닐까. 그냥 누구라도 먼저 내가 힘들다는 것을 알아주길 원했던 것은 아닐까. 친구들에게 알게 모르게 부담이 됐던 건 아닐까 언제부터 내가 이렇게 불편한 존재가 된 거지?

시간이 지나 스스로 혼자 있는 시간을 억지로 많이 만들었어. 관계를 정리하는 마음으로 사람을 만나는 빈도를 줄이고 그냥 아무거나 잡히는 대로 평소에 귀찮다고 생각한 것들을 하려고 노력했어. 청소, 빨래 그냥 아무 일도 아니라고 했던 것들을 중대한 임무처럼 생각했어.

가지 않던 상담도 나한테는 중요한 거야, 잘 챙겨 먹는 것도 나한테는 중요한 거야. 스스로 질문을 던지기 전에 그냥 몸부터 움직였어. 이런 하루를 반복하다 보니 친구들한테 받고 싶었던 애정의 욕심들이 조금씩 사라지게 되더라. 누구라도 안 만나면 죽을 것 같았던 내가 조금씩 단단해지고 있었어. 전에는 누군가에게 인정받고 싶고 사랑받고 싶었다면, 지금은 나 자체를 인정하고, 사랑해 주는 게 더 소중하고 크다는 것을 알게 됐어. 별거 아닌 일도 마무리하며 자신을 칭찬하며 내 마음을 긍정적으로 바꾸고 있었어.

신기하게도 정말 사람에 대한 욕심을 버리고 내가 나를 돌보니까 좀 더 먼 곳까지 바라보게 되더라. 내가 힘들 때는 남이 아닌 스스로 나를 아껴주는 시간을 많이 만들어야 한다는 것을 배웠어. 내가 지금 어떻게 생각하느냐에 따라 정말 그게 내 미래의 모습이라는 것을 느꼈거든. 내 마음에 고독하다, 가슴 아프다, 나태하다, 불안하다 같은 생각들로 가득 찬다면 정말 이런 사람이 되어 가는 거구나. 나는 즐겁다, 행복해질 것이다, 잘할 수 있다. 이런 생각을 마음에 담아두니까 정말 그런 사람이 될 것만 같은 느낌이 생기면서 마음에 있던 조급함이 사라지고 여유라는 게 저절로 생기기 시작했어.

내가 외롭다고 느낄 때 스스로 돌봐주지 않으면 그것만큼 외로운 것은 없구나 라는 생각을 해. 아빠도 외로울 땐 잠깐 멈춰 서서 스스로를 돌봐주는 시간을 가졌으면 좋겠어.

나에게 시월은 다가오는 겨울을 준비하는 것처럼 잘살아 보려고 다짐하게 되는 달이 되었어.

11月

'자기 자신이 아는데 헤어 나오지
못하는 건 어쩔 수 없는 게 아닐까?'

십일월

십일월은 어딘가 고요한 느낌이 들어. 아무래도 수능을 보는 달이라 그런지 휴일도 없고, 큰일도 없고, 불길한 달로 취급한다고 해.

나는 한동안 일을 바로 시작하지 못했어. 몸도 마음도 너무 지쳐있었거든. 그래서 움직이기가 조금 버거웠어. 그래도 십일월에는 일을 시작할 수 있게 되었어. 친한 형이 카페를 창업해서 내가 가끔 일할 수 있게 도와줬어.

그렇게 이번 달부터는 그 형 가게에서 일을 시작하게 되었어. 이제 가끔 일도 하다 보니 점점 생활을 찾아가는 것 같았지. 그러던 중 한 손님을 만나게 되었어.

내가 일을 시작한 지 약 3주 정도 지났을 때일 거야. 내가 일하는 시간에 매주 2번 이상 오는 손님이 있었는데 거의 매일 같이 오후 1시~3시 사이쯤 와서 눈길이 가기 시작했어. 이 손님은 항상 좋은 시계에 검은색 티셔츠를 자주 입었고,

주문하는 메뉴는 매일 같았어. 아이스 아메리카노 연하게 한 잔 그렇게 커피를 시키고는 2시간씩 앉아있다 갔어. 카페에 있으면서 하는 행동의 패턴도 똑같아. 30분 간격으로 담배를 피우러 가고, 나 지금 짜증 나니까 건들지 마세요 하는 표정으로 항상 자리에 앉아있었어. 나는 얼마나 심각한 일이 있길래 저런 표정으로 2시간을 있을 수 있는지 궁금해졌어.

그래서 어느 날 말을 붙여 봤어.

"자주 오시는데 쿠폰 만들어 드릴까요?"

하지만 아무런 대답을 듣지 못했어. 그냥 카드만 내밀뿐. 나는 좀 민망했지만, 카드를 받고 결제를 했어.

그 이후로 한 이 주일 정도 지나서 그 손님을 만나게 되었어. 그날은 손님도 없길래 담배 피우러 갈 때 나도 같이 따라나가서 말을 걸었어.

나: 안녕하세요. 오랜만에 오셨네요?

손님: 아 네.

나: 근처 사시나 봐요?

손님: ......

나: 아 곤란한 질문이었다면 죄송해요.

손님: 네? 못 들었어요.

나: 제 또래 같고 자주 오시길래 근처 사시나 그냥 여쭤봤어요.

손님: 아 네.

왠지 모르게 긴장한 말투에, 대답도 단답형. 내가 물어볼 때 어딘가 불편해하는 느낌을 받았어.

속으로 생각했어. 내가 너무 평소답지 않게 물어봐서 미친 놈처럼 보였나? 평소에 나라면 손님한테 보통 말을 걸지 않을 텐데 괜한 짓을 했나 싶었지. 그런데 나는 진짜 뭐에 홀린 것처럼 그 사람이 또다시 밖으로 나갈 때 따라나갔어. 그리고는 말을 걸었어.

나: 왜 매일 표정이 좋지 않으세요??

손님: 네? 아 그냥요. 많이 힘드네요.

나: 저는 21살인데 몇 살이에요?

손님: 저는 22살이에요.

우리는 말을 놓기로 했어.

나: 그냥 친구라고 생각하고 얘기해봐.. 뭔일인지

손님: 도망 다니고 있어.

나: 무슨 일인데? 도망을 다니고 있어? 사고 쳤어?

손님: 그렇지. 돈 때문에…

나: 무슨 돈? 도박 빚?

손님: 어.

나: 얘기해 봐. 내 주변에 딱 그런 놈들 몇 명 있어서 누구보다 잘 알아.

손님: 시작은 그렇게 심하지 않았어. 나도 뭐 요즘 애들처럼 그냥 친구 따라 호기심으로 손을 댔지. 나는 고등학생 때부

터 시작했는데 어느 날 다른 친구 한 놈이 온라인 토토로 하루 만에 100만 원 정도를 벌더라고. 이날부터 나는 지옥문에 들어간 거야. 그냥 매일 했어. 아침, 저녁, 새벽 가릴 것 없이. 손가락을 자르고 싶었지만 나는 발가락을 써서라도 할 것 같았어. 절대 헤어 나올 수 없었지. 안 좋은 걸 아는데도 안 해야 하는 걸 아는데도...... 지금도 몇 주, 아니 며칠이면 다시 손을 대. 근데 여기서 끝이 아니었어. 학생 때는 그렇게 크지 않아 친구들에게 30만 원, 50만 원 돈을 빌리고 갚고 했는데 점점 하다 보니 성인이 되면서 대출도 되니 금액도 너무 커지고 주변 친구들이나, 대부업체에까지 돈을 빌려서 하는데 하.. 이렇게 그냥 빚은 계속 늘어나고, 다 갚기에는 너무 힘들고, 빌린 걸 돌려막기 해서도 한계가 있고, 빚 독촉에 시달려. 그냥 도망쳐버렸어.

나: 빚이 얼마인데? 일은 해?

손님: 대충 4,000만 원 정도. 일해야지.....

나: ...... 학생들은 아직도 많이 해?

손님: 그렇지. 내가 학생일 때보다 더 심각하게 하지. 지금은 온라인 토토가 정말 유행처럼 돌고 있는데 나처럼 친구

따라 호기심에 보통 시작하더라. 자기가 하는 걸 막 영상을 찍어서 SNS에 자랑하고 다니는 애들도 있어. 그걸 보고 알게 된 애들도 생기고 따라 하는 애들도 생기고 단 몇 초 만에 몇십만 원 아니 몇백만 원을 버는데, 어떻게 유혹이 되지 않겠냐. 진짜 끝까지 가는 애들은 나처럼 되는 거지.

그 이후로도 대화를 계속했지만 나는 어딘가 느낌이 이상했어. 그를 보는 내 마음이 별로 좋지는 않은데, 좀 불쌍해 보였달까. 저지른 일은 당연히 잘못된 거로 생각하지만, 벗어나고 싶은 마음이 있는데도 그 늪에서 벗어나지 못하는 것이 좀 가여워 보였어.

내 주변에 진짜 이 막장 같은 이야기와 똑같이 아니 오히려 더 심한 놈이 딱 한 명 있었는데 그 친구를 생각하니 새삼 이것은 아무도 말릴 수 없는 일이구나 느꼈어. 그리고는 그냥 힘들겠네. 힘내라 정도만 전했어. 내가 도와줄 수 있는 게 없기 때문이라고 생각했거든. 그 이후로는 자주 오지 않았어. 나는 그대로 어디에 잡혀갔나? 생각했지.

나는 그 순간 내가 예전에 도박중독자 친구한테 했던 말이 떠올랐어.

"야 너 어차피 죽을 때까지 절대 못 끊는다. 빚 다 갚고 좀만 여유 생기면? 무조건 한다는 것에 내 전 재산을 건다. 그냥 너 일용직으로 일이라도 해. 상하차 딱 한 달만 뛰어봐. 그럼 돈의 소중함을 알지 않을까? 아니다. 너는 어차피 이렇게 힘든 일 하루도 절대 못 하겠다. 그 돈으로 또 하겠지. 앉아서 몇백만 원 몇천만 원 벌어본 놈이 어떻게 힘든 일을 하겠냐. 너를 그냥 환자라고 생각해. 너 지금 정신병에 걸린 거야. 알겠지? 마약중독자들처럼 너 그냥 도박중독자라고 하지만 너는 이 말 듣고도 절대 못 끊을걸?"

나는 그 친구를 보고 너무 답답하고 참을 수가 없어. 그냥 생각나는 대로 험한 말을 막 뱉었던 게 생각나.

내 이야기를 듣고 친구가 화를 낼 줄 알았어. 하지만 그 친구의 대답은 의외여서 더 잊을 수가 없어.

"나도 알아. 그런데 알면서 못 끊는 건 진짜 병이 아닐까?"

나는 그 이야기를 듣고 나서 더는 뭐라 해줄 말이 없었어. 자기 자신이 아는데 헤어 나오지 못하는 건 어쩔 수 없는 게 아닐까? 그 모습은 마치 괴물에게 잠식된 것만 같아 보였거든. 이 이야기를 듣고 확신했어. 끊는 건 없구나. 그냥 평생이 악물고 참고 살아야 하는 거라는 걸. 또 정신이 흐릿해질 때쯤 유혹을 참아야 한다는 걸.

나는 그 손님이 가끔 생각나. 여전히 그 사람이 가여운 마음이 들어서인지 한심해서인지 예전 친구를 보는 듯한 느낌이 들어서인지 잘 모르겠어. 내 친구도, 그 손님도 내 생각과는 반대로 그 늪에서 잘 헤쳐 나왔을까? 만약 그러지 못했다면 아빠. 언제쯤 그들이 평범하게 잘 지낼 수 있을까?

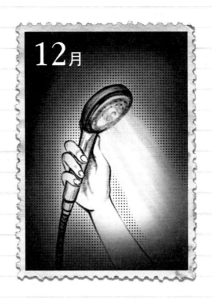

'하나둘씩 내 삶에 조그마한 영향을 미칠
수 있는 것들로 채워 나갔어.'

십이월

아빠 십이월은 왠지 새로운 변화가 일어날 것만 같은 달인 것 같아. 1년이라는 소중한 시간의 마지막 달이라니...... 한 해를 어떻게 보냈나 되돌아보는 시간, 얼마 남지 않은 시간 동안 뭐라도 해야 할 것만 같은 마음과 다음 해를 기대하며 준비하는 마음. 나는 평소에는 느끼지 못한 것들이 마지막이라고 하면 왠지 더 크게 느껴지더라.

나는 십이월에 다시 이사를 해. 드디어 고시원을 탈출해 작은 원룸에 들어가게 되었어. 아직 살기에 환경이 그렇게 썩 좋지는 않지만, 방안에 내 화장실이 있는 것만으로 나는 만족했어.

새로운 공간에 들어서며 다시 한 번 내 마음을 향해 외쳤어.

'잘 살아보자!'

나에겐 십이월은 정말 노력을 많이 하는 달이었어. 새로운 방에서는 정해진 시간에 하기로 한 일들을 위해 움직이려고 했지. 정해진 시간에 일어나는 것도 물론 중요하다고 생각하지만 나는 정해진 시간에 자는 게 더 중요하다고 생각했어. 아무리 좋은 자리에 가 있더라도, 내가 좋아하는 드라마가 방영하는 시간이어도 그것들을 뿌리치고 잘 수 있는 사람은 정말 대단하다는 생각이 들었거든. 그래서 나는 무슨 일이 있어도 저녁 11시까지는 잠자리에 드는 습관을 만들었어. 처음에는 쉽지 않았지만, 지금까지 난 이 습관을 유지하고 있어.

그렇게 나는 하나둘씩 내 삶에 조그마한 영향을 미칠 수 있는 것들로 채워 나갔어. 정해진 시간에 자고 일어나기, 아침저녁으로 내가 원하는 것들을 이룰 수 있다고 생각하기, 다음 날 있는 스케줄 기록하기, 밥 잘 챙겨 먹기, 일주일마다 꼭 대청소하기. 이렇게 한가지씩 더하면서…… 그렇게 어려운 일들은 아니지만 나는 하고 나면 꼭 더 열심히 살아야겠다는 에너지를 받았어.

점점 나는 나의 생활을 만들어 가기 시작했고, 저절로 마음에 있던 짜증과 화는 사라지고 그 안에 여유들이 가득 차기 시작했어. 나는 사소한 것에 짜증이 나지 않았고, 누군가가 나에게 짜증스러운 말투로 대해도 조금 침착하게 답변할 수 있는 사람이 되었어. 나만의 계획을 만들어 해결해 나가면서 나도 모르게 정말 내가 바뀌고 있었나 봐. 내년에는 더 많은 일을 해야지 다짐하며 12월을 마무리했어.

나는 집을 나와서 엄마를 거의 만나지 않았어. 엄마를 보는 게 아직은 좀 힘들었거든.

그런데 이번 달부터는 엄마를 좀 자주 만나려고 했어. 엄마를 만나서 내가 조금씩 바뀌고 있다고 알려주고 싶었거든. 그렇게 용기 내서 엄마한테 연락을 자주 했어. 전화도 자주 하고, 문자도 가끔 하고, 만나서 밥도 먹고 하니까 엄마도 되게 좋아했어. 엄마는 내가 먼저 연락하기를 기다린 게 아닐까?

엄마를 소개한다는 게 어딘가 좀 어색한 느낌이 들어. 부모라는 존재는 참 대단한 것 같아. 자식 때문에 어디까지 할 수 있는지.

나는 언제부턴가 엄마에게 무뚝뚝한 사람이 되었어. 속만 썩일 줄 알았지 전하고 싶은 말도 제대로 해 본 적이 없어.

그냥 평생 옆에 있을 것만 같은 존재였던 것 같아(아니 사실은 이런 생각조차도 하지 않았어).

요즘은 엄마한테 감사하다는 말을 자주 해. 하고 나서는 좀 낯간지러운 느낌이 들지만, 엄마가 먼저 항상 내가 고맙다고 말해줘서 고맙다는 답장이 와. 이 말을 들을 때 나는 조금 울컥해. 내가 살면서 감사하다고 한 적이 몇 번이나 될까? 감사인사가 고마운 일이 될 만큼 내가 그런 말을 하지 않았구나. 이제라도 용기 내서 해보고 싶었던 말들을 익숙해질 때까지 해보려고.

우리 엄마는 초등학생들을 가르치는 일을 하고 있어서 엄마 직업 특성상 어릴 때부터 나는 이사를 자주 하고 전학을 많이 다녔어. 어쩌다가는 같은 학교에 있기도 했지.

나는 초등학교 1학년, 엄마는 4학년을 맡고 계셨어. 엄마가 같은 학교에 있어서 좋았냐고? 아니 절대. 같은 반 친구들, 선생님들이 다 나를 알고 지나갈 때 마주치면 "너희 엄마 아니야?"이러고 속삭이는 친구들, 왠지 모르게 학교에서는 별것 아닌 행동을 할 때도 괜히 눈치가 보이기도 했어. 물론 형, 누나들에게 예쁨을 받기도 했지만 "엄마가 교사인데?

너는 왜 그래?"라는 말을 들을까봐 마음껏 행동할 수가 없었어. 엄마가 같은 학교에 있어서 다 좋은 것만은 아니더라.

오늘은 엄마와 내가 힘들었던 때의 이야기를 잠시 들려줄게.

아빠는 직장 때문에 다른 곳에 혼자 살고 있었고, 집에는 엄마와 나 둘뿐이었을 때야.

어느 날부터 엄마가 짜증을 내는 날이 많아졌어. 나는 보통 등교 전 아침 7시쯤 엄마가 항상 틀어 놓는 날씨 뉴스를 보고 있었고 엄마는 안방에서 출근 준비를 하고 계셨어. 이때 엄마가 내 이름을 불러. 하지만 나는 TV 소리, 방과의 거리 때문에 듣지 못하고 그냥 소파에 앉아 TV를 보고 있었지. 엄마가 거실로 나와 왜 불렀는데 대답이 없냐며 큰 소리를 내셨어. 나는 무척 당황했지.

"아니 못 들었어. 왜 화를 내 엄마"

그런데 엄마는 내 말을 듣고는 아무 대답도 하지 않고 일그러진 표정을 지으며 뒤돌아서 다시 방에 들어갔어. 그런데 이 이후로도 몇 번씩이나 이런 일들이 잦아졌어. 나는 몇 번이나 그러니까 섭섭하고 참을 수가 없어 말을 했어.

"아니 엄마 안 들리는 거리라서 못 듣는 건데 왜 짜증을 내?"

 이렇게 이야기 해도 나는 그냥 그렇게 평소답지 않은 엄마의 모습을 보며 엄마가 좀 예민한가 보다 했지.

하지만 점점 나에게는 이상한 일들이 많아졌어. 엄마가 저녁에 씻는 게 두려워졌거든. 알겠지만 우리 엄마는 되게 밝고, 장난기도 많고, 유쾌한 사람이야. 엄마가 퇴근하고 나를 보며 항상 밝게 지내다가 저녁에 씻기만 하면 왠지 모르게 어두워지고 다른 사람이 되는 것 같았어. 처음에는 속으로 이 느낌은 뭐지? 싶었는데 그날 이후부터는 매일매일 그랬어.

학교에서 엄마를 볼 때와 집에 들어와 씻고 나서의 엄마의 모습은 마치 빛과 어둠 같았어.

나는 어린 마음에 이렇게 생각한 적도 있어. 엄마가 저녁에는 세수를 안 했으면 좋겠다. 어쩌다 한 번씩은 씻고 나서도 변함이 없는 적이 있었는데 그럴 때는 아무 기념일도 아닌 날에 깜짝 선물을 받는 기분이었어. 매우 좋았지.

이상한 일들은 여기서 끝이 아니었어. 엄마는 보통 9에서 10시 사이에 잠을 자고 4시 30분쯤 일어나 매일 기도를 드려 그런데 어느 날부터는 새벽에 TV 소리가 크게 났어. 나는 이상해서 '무슨 소리지?'하고 거실로 나갔는데 어두컴컴한 거실에서 엄마가 소파에 앉아 드라마를 보고 있었어. 나는 무척 당황스러워 엄마한테 물어보고 싶었지만, 용기가 나지 않았어. 말을 걸지 말지 혼자 10번 정도 고민하다 용기를 내어 물었어.

"엄마 왜 안 자?"

역시 엄마는 아무 대답도 하지 않았어. 그렇게 나는 토라진 얼굴을 하고 방으로 들어가 자는 척을 했지. 그때는 정말 몰랐어. 엄마가 갑자기 왜 그러는지 학교에 가면 다시 원래 엄마의 모습을 보곤 하는데 집에 오면 왠지 다른 사람을 보는 것 같았거든.

그래도 난 별로 힘들지 않은 척했어. 엄마가 아주 좋았거든. 그냥 엄마가 웃으면 같이 웃게 되고, 엄마가 기분이 좋지 않으면 나도 따라 기분이 좋지 않았어.

나는 잘 몰라. 언제 원래 엄마의 모습으로 돌아왔는지. 엄마가 평소답지 않은 행동을 해도 나는 크게 동요하지 않았어. 이상하고 어색하다고 느낄 뿐 그런 행동을 해도 엄마가 전혀 싫지 않았거든. 지금 생각해 보면 그때의 엄마는 심적으로 많이 힘들었던 시절이고, 엄마가 왜 그랬는지 이제는 조금 알 것 같아.

그러던 내가 엄마와 조금씩 멀어지고 있었어. 고등학교 시절부터는 임마랑 서로 마음 상하는 날이 많아졌지. 음 그냥 사춘기일 수도 있지만 나는 엄마랑 대화할 때면 마음이 매우 답답했던 것 같아. 보통은 짜증이 섞인 말투로 대화를 많이 했고, 하고 나서 후회도 많이 했었던 기억이 나. 그런 날들이 잦아지니까 어느 순간부터는 엄마와의 대화가 단절됐어. 엄마도 나랑 대화를 많이 하려 하지 않았고 어쩌다 나랑 대화할 때면 조심스럽거나 피하는 느낌을 받았어.

나는 그때부터 집에서 외톨이 같은 존재였어. 집에는 엄마, 형, 그 당시에는 형의 여자친구가 있었지. 나는 모든 게 마음에 들지 않았어. 집에 있는 사람들, 그들이 하는 행동, 내가 싫어하고 불편한 걸 알지만 상황은 바뀌지 않는 것도.

난 7일 중 4일은 집에 가면 화가 나 있는 상태였던 것 같아. 그때부터 내 모든 시선은 좋은 것도 부정적인 시선으로 바라보게 되었고 "행복한 감정은 나에게 없다." "나는 왜 사는지 모르겠다." 이런 이야기들을 밖에서 하루도 빠짐없이 했던 것 같아. 그러다보니 가끔은 나를 미친놈으로 보는 사람들도 있었어. 그런 날이 반복되면서 나는 집에 있기 싫어서 친구들과 거의 시간을 보냈어. 그 시간이 너무 아깝다고 생각했지만 금방 지워버렸어. 나는 그때 '행복하다.' '재밌다.' '좋다.'는 감정보다 '싫다.' '왜?' '살기 싫다.' '힘들다.' 이런 감정들이 몸 안에 가득 차 있었어.

나는 집에서 유일하게 소통을 하던 엄마와의 교류도 없어지니 가족과 대화하는 시간이 없어지고, 가족을 보는 시선도 그저 남 보듯 했어. 그렇게 점점 엄마와도 멀어졌지. 이제는 엄마를 봐도 좋은 마음으로 대화를 하지 않았어. 그러다 한번은 엄마랑 대판 싸운 날이 있었어. 엄마는 나한테 싸울 때마다 자주 이렇게 말하곤 했어.

"너는 네가 필요할 때만 엄마를 찾는 거 아니니? 엄마를 이용하는 느낌이 들어."

나는 그 순간 펑하고 터질 것만 같았어. 하지만 마음속으로 숫자를 셌지. 1, 2, 3, 4, 5...

그렇게 싸우고 나는 다시 혼자 마음속으로 생각했어.

'뭐지? 내가 정말 이런 말까지 들어야 하나? 나는 진짜 엄마를 필요할 때만 찾은 건가? 나는 엄마를 좋아하는데 내가 정말 그랬을까? 내가 엄마를 필요할 때만 찾았다고? 평소에 무뚝뚝한 아들이어서 그렇게 느낀 거야? 왜 어째서 아무도 내가 느꼈던 감정은 알려고 하지 않는 거야? 내가 이제는 말을 살 하지 않아서? 내가 왜 바뀐 지는 궁금하지 않은 거야?'

혼자 100가지의 질문들을 나한테 던졌어. 나는 할 말이 너무 많았지만 아무 말도 하지 않았어. 엄마가 그렇게 느끼게 한 것은 나의 잘못이라고 생각해. 그렇지만 내가 그런 마음이 아니었다는 걸 내가 알면 그만이었으니까.

나는 많이 슬프지는 않았어. 아니 슬프지 않은 척했어. 우리 가족은 왜 내가 이렇게까지 바뀐 것에만 치중되어 있고 내가 무엇 때문에 바뀐 지는 궁금하지 않을까? 어차피 상담

하러 가서 내 이야기를 다 할 것 같아서? 상담사가 내 가족이야? 그 상담이 뭐라고. 혼자 울분을 토해내고 다짐했어.

그나마 내가 가족이라고 느끼던 엄마와의 관계까지 망쳐버린 나 자신을 보며 이제 내가 돌아갈 곳은 없구나 생각했고 그대로 나는 고등학교 2학년 때 집에서 나왔어.

그때의 일은 엄마와 내가 서로에게 자신의 감정을 들여다보게 해준 것 같아. 지금은 좀 많이 달라졌어. 그때의 상황을 이해하고 존중하고, 이제는 엄마에게 먼저 다가가는 날도 많아졌어.

덕분에 나는 일찍 망쳐버린 관계를 극복하는 방법을 배웠다고 생각해.

그렇게 고등학교 때와 지금의 나는 달라. 아픈 기억들도 살다 보면 저절로 잊히는 법이니까. 그렇게 나는 다시 엄마와 예전처럼 관계를 회복해 나가고 있는 중이야. 나는 혼자 보살피며 찢어지고 다친 내 마음들을 지금까지 천천히 꿰매나가고 있어. 그렇게 조금씩 상처가 아물어 가며 닫혀있던 내 마음이 어느 순간 엄마에게 다시 다가가고 있는 것 같아.

그래서 다시 예전처럼 엄마를 사랑했던 마음으로 엄마에게
다가가고 싶어.

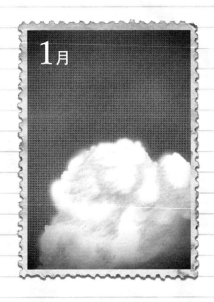

1月

'하늘을 보는 그 짧은 몇 초가
나한테는 꽤 괜찮은 시간이었어.'

일월

드디어 새해 시작이네. 아빠는 올해 가장 큰 목표가 뭐야? 나는 너무너무 바라는 게 있어.

'20대에 내가 해보고 싶은 것 중에서 2가지 시작하기.'

'혼자 잘 살아보기.'

나는 내가 정말 욕심 많은 사람인 걸 알아. 그런데 움직이지도 않으면서 허영심만 가득했던 내가 이제는 정말 할까 말까 고민을 하는 순간이오면 움직이기로 했어. 할까 말까 고민하는 순간에 시간은 지나가는 거였어. 실패하더라도 이제는 두렵지 않아. 손해 되는 것은 없으니까.

나는 집에서 나와 사는 게 힘들어도 혼자 살아가는 일에 더할 나위 없는 행복을 느껴보려고 해.

또 이제는 내가 정말 두려워서 마음에만 있던 걸 밖으로 끄집어내서 시작해 보려고 해.

일월 한 해를 잘 보내고 싶은 마음으로 십이월에 계획했던 일들을 정리해 나가고 있던 와중에 우연히 친해진 인연이 생겼어.

나는 집 옥상에서 해가 지기 전 비슷한 시간에 담배를 피우는데 휴대폰을 보면서 연기를 마시니까 보이는 것은 휴대전화 화면, 밑에 보이는 바닥, 옆에 보이는 재떨이 정도뿐이었어. 근데 언제 방에 휴대폰을 두고 와서 어쩔 수 없이 그냥 불을 붙였어. 익숙하지 않은 심심한 느낌이 들길래 한 번 옥상 아래 사람들도 쳐다보고, 하늘도 한 번 보고 했어. 그런데 하늘을 보고 있는데 그날은 겨울 하늘이 엄청나게 예쁘더라. 하늘에다가 괜히 연기를 계속 내뿜었어.

'쟤는 저렇게 화창하게 예쁜데……' 하고 좀 심술이 나더라.

근데 계속 쳐다보고 있으니까 내가 하늘을 쳐다 본적이 몇 번이나 있었나 생각이 들었어. 뭔가 하늘을 쳐다보는 순간에는 걱정거리들이 생각나지 않았어. 그냥 구름이 몇 개인지 세어보고 움직이는지 안 움직이는지 무심히 바라보게 되었지. 이상하다고 생각할지도 모르지만 나는 그때 잡생각들이 너무 많아서 하늘을 보는 그 짧은 몇 초가 나한테는 꽤 괜찮은 시간이었어.

어느 날은 저녁 하늘을 보고 있었어. 서울 하늘에는 별이 하나도 안 보이더라. 꺼지지 않는 건물들의 불빛 때문인지 그렇게 깜깜한 하늘이 아니었어.

왠지 오늘따라 마음 한구석이 공허했어. 오늘도 여전히 하늘에 연기를 내뿜고 있는 찰나에 눈을 감았어. 눈을 감고 있는 순간에 갑자기 예전의 일들이 스쳐 지나갔어. 나는 기억을 잘하는 편인데 그런 기억들을 나는 영상처럼 가지고 있어. 눈을 감고 그중 한 가지 기억 속으로 들어갔어.

내가 12살 때 있었던 이야기인데. 나는 노는 걸 무척 좋아했어. 그날도 여전히 친구 집에서 보드게임을 하며 놀고 있었어. 그런데 갑자기 형한테 전화가 왔어. 그 전화의 첫 마디는 "야 너 일단 집으로 와."

나는 너무 불안하고 '내가 뭐 잘못했나?' 걱정이 되었어.

그렇게 안절부절못한 채 집으로 향했어. 도착하니 형은 씻고 나와서 하는 첫 말이 "근처에 가까운 산이 어디야?"

그렇게 갑자기 평소답지 않게 형이 나를 붙잡고 산을 데려 갔어. 산에 오르기 전까지 침묵이 계속 흐르고 겨우 긴장이 풀릴 때쯤 형이 먼저 그 침묵을 깼어.

"야 너 뭐 하고 싶냐? 계속 놀기만 할 거야?"

나는 쉽게 대답하지 못했어. 그때 나는 정말 놀고 싶었거 든. 근데 나는 아닌 척 연기를 했어.

"아니 그건 아니지만…… 공부도 해야지."

그렇게 산을 오르고 내리는 시간이 사실은 너무 어색하고 싫었어. 그래도 나는 아무렇지 않은 척 말했지.

길게 이야기하지 않고 집에 도착했어. 형이 집에 와서는 거 실에서 "이쪽에 앉아봐."하는거야.

'나는 이번엔 또 뭐지?' 하고 다시 불안해졌어.

근데 갑자기 한글 파일을 열더니 어이없는 소리를 했어. 너 의 하루 계획표를 만들어 주겠다나 뭐라나 나는 순간 머릿 속에서 이게 무슨 소리지? 나에게는 말도 안 되는 형과의 산책도 잘 갔다 왔는데 갑자기 내 시간표를 만들어 주겠다 니. 나는 너무 당황스러웠어.

그렇게 오전부터 오후까지 내 공부 계획을 혼자 막 짜기 시작했어. 오전에는 수학, 국어 오후에는 뭐 뭐 하면서……나는 진짜 그 순간 뛰쳐나가고 싶었지만, 또 아무렇지 않은 척 연기를 했어. 그렇게 내 하루하루의 계획을 짜고 검사를 하겠다고 말했어. 이 말이 가장 끔찍했지.

근데 나는 의문이 들었어. 대체 왜 이런 걸 자기가 정하는 거지? 내 의사는 하나도 중요 하지 않은 건가? 엄마는 어디서 뭐 하는 거야? 아빠가 일 때문에 같이 안 살기 때문에 자기가 아빠 노릇을 하겠다는 거야?

나는 그냥 순순히 알겠다고밖에 할 수 없었어. 싫다고 하면 분명 혼날 테니까.

그렇게 그 스케줄을 건네주며 오늘은 쉬라고 했어. 내일부터 이제 본격적으로 시작해야 하니까. 그냥 쉬래. 나는 그냥 헛웃음만 나왔어. 너무 싫었지만, 엄마만 오길 기다렸어. 하지만 엄마는 집에 들어올 때부터 나를 보는 표정이 평소답지 않았어.

"형이랑 이야기 잘 끝냈지? 그래 엄마도 네가 너무 친구에 미쳐있길래 걱정이 되더라."

나는 엄마가 갑자기 그러니까 조금 낯설었어. 아무리 그래도 그렇지 형한테 저렇게 나를 매몰차게 맡기고 엄마는 나 몰라라 하는 모습에 당황스러웠거든.

그렇게 내 의사는 상관 없이 공부를 스케줄대로 시작했어. 나는 열심히 하지 않았어. 엄마가 검사할 때 방에 들어오는데 왠지 모르게 기분이 나빴어. 너무나 하기 싫지만 말할 수 없었던 그때의 내가 생각나.

이렇게 하늘을 보며 하나의 영상을 가져왔어. 그렇지만 지금은 예전에 나와는 달라. 예전에 나였다면 했던 말들을 하나하나 곱씹으며 원망도 하고 기분이 좋지 않았겠지만, 지금의 나는 하늘을 보며 '나는 알고 보면 되게 순종적인 사람이구나' 하고 웃어넘길 수 있어.

그 이후로도 옥상에 올라갈 때면 하늘을 많이 쳐다봤어. 매일 달랐어. 하늘의 색깔, 시간에 따라 다르게 빛나는 태양, 매번 하늘을 보며 다른 생각을 했어.

화창한 하늘을 보면 기지개를 켜고 싶어졌고, 밤하늘을 바라볼 때는 그냥 어딘가 허전하고 공허하다는 느낌을 받았고, 가끔 노을이 질 때는 그전에 있던 추억들이 떠오르며 지금 좀 힘든 감정도 언젠가 다 지나갈 거라는 생각을 했어.

그래서 요즘에도 자주 하늘을 보며 하루를 시작해. 그리고 왠지 모르게 생각이 많거나 불안할 때면 그 짧은 몇 초에 잠깐 나를 맡겨보곤 해.

아빠도 가끔은 하늘도 한 번 쳐다봤으면 좋겠어.

'나에게 용기를 주고, 내가 원하는 걸 하라
고 말해주는 느낌이 들었어.'

이월

'이월은 정말 웃기다.'

나 혼자 막 그랬어. 벌써 이번 연도 한 달이 지나갔다고? 시간이 너무 빠르게 흘러가는 거 아닌가? 제야의 종소리듣은 게 벌써 한 달이나 지났다고? 왠지 쌩하고 지나간 한 달에 죄책감이라도 느꼈는지 뭐라도 해야만 할 것 같은 마음에 조바심이 생겼어.

그런데 이런 생각을 나만 한 것은 아니더라. 친구들이랑 통화하며 농담을 주고받았는데 나랑 똑같지 뭐야. 언제 벌써 한 달이 지나갔냐며. 그 친구도 이야기했어. 근데 결국 하루 지나면 또 평소와 다를 바 없겠지. 분명히 삼월이 되면 뭐야 언제 두 달이 지나갔지? 이럴 거야.

그래서 나는 또다시 다짐했어.

'꼭 거창하게 이루려고 하는 것보다 매일 하자. 100퍼센트의 에너지가 아니더라도 매일 하자.'

때론 그의 절반, 절반에 절반이라도 꾸준히 무언가를 해보려고 하는 노력은 나에게 가장 중요한 일이 되었어.

'마음먹은 일은 매일 한다.'

나는 이월에 지금까지도 나에게 가장 많은 도움을 주고 있는 소중한 인연을 만나게 되었어.

바로 책이야. 내가 오래 살진 않았지만 나는 별의별 사람들을 많이 만났다고 생각했어. 그런데 책에는 정말 셀 수도 없는 다양한 사람들의 이야기가 담겨 있었고, 그 사람들이 그 당시에는 어땠고 어떤 감정이었는지 들을 수 있었어. 내가 질문할 사람이 필요할 때 궁금한 것들을 알고 싶을 때 나에게 대답을 해 주었어.

나처럼 평범한 사람은 무턱대고 아무 사람한테나 가서 이거 알려주세요. 저거 알려주세요. 하는 게 어렵잖아. 그런데 책에는 아무나 누구나 다 물어볼 수 있는 거니까 내가 몰라도 부끄럽지 않아도 되는 것 이 점이 가장 좋았어.

나는 혼자 살면서 원했던 것이 있었어. 내가 성실하게 할 마음이 준비되었을 때 나에게 멘토가 있었으면 좋겠다고. 그

런데 이게 정말 가능한 일일까? 성공한 사람들도 지금의 위
치에 오르기까지 자신의 멘토가 한 명쯤 있지 않았을까? 열
심히 꾸준하게 일을 하면 그런 사람이 자연스럽게 나타나
는 걸까? 하지만 나처럼 어디서부터 어떻게 뭘 해야 할지
도 모르는 사람은 어디에 물어봐야 할까? 부모님? 선생님?
그건 나에게는 좀 어려운 일이었던 것 같아.

그리고 나는 상상했어. 내가 그런 사람들 앞에서 과연 정말
솔직하게 이야기를 전달하고 들을 수 있을까? 그들 앞에서
내가 과연 정말 별거 아닌 질문을 용기 있게 할 수 있을까?

나는 그럴 자신은 없는 것 같아. 그 사람한테 잘 보이고 싶
은 마음에 시시한 질문들까지는 못할 것 같거든.

그런데 책은 달랐어. 그런 게 없어. 마음만 있다면 내가 진
짜 궁금한 걸 전부 다 알려주진 못해도 책은 나에게 용기를
주고, 내가 원하는 걸 하라고 말해주는 느낌이 들었어.

마치 한 명의 멘토처럼. 내게 이제 책은 그런 존재가 되어버
렸어.

나는 책이 한 명의 멘토 같다고 생각하게 된 결정적인 이유
가 있었어. 이때까지 읽었던 책들을 쭉 기간별로 나열해 봤

는데 그 당시에 내가 얻고 싶은 것들을 책을 읽으며 채워왔던 것 같아.

내가 해야 할 일들을 대부분 미루고 하지 않을 때에는 생활 습관과 태도를 바꾸는 책들을 읽었더라고. 그다음은 내가 배워보고 싶은 것들에 관한 책을 읽었어. 패션 잡지, 사진 잘 찍는 법…… 그리고 인간을 알고 싶어 철학책도 읽었어. 이렇게 정말 나는 내가 어디서 물어보기 쉽지 않은 것들을 책에 많이 물어보았어.

나는 처음 책을 읽으면서 이런 생각을 했었어. 지금은 유튜브 채널, 블로그 같은데도 책들이 잘 소개되어 있는데 그걸 보고 배우는 게 더 쉽고 빠르지 않을까? 요즘 책 읽어야 자수성가할 수 있다는 말이 어쩌면 가스라이팅은 아닐까? 나는 그렇게 처음에는 책에 대해 의심을 했어(그냥 읽기가 싫었나?). 그런데 그냥 속는 셈 치고 한 10권쯤 읽었나? 나는 완전히 내 생각이 틀렸다고 생각했어.

그 날은 왠지 책이 너무 잘 읽혔어. 책에 실린 내용이 어딘가 나에게 조금씩 스며드는 느낌을 받았어. 갑자기 나도 모르게 마음속으로 뭐지? 읽는 도중에도, 다 읽고 나서도 가슴에서 파도가 쳤어.

만약 내가 글이 아닌 영상으로 봤다면 이럴 수 있었을까? 책에서 진짜 알 수 없는 기운을 느꼈어. 물론 그 내용이 살아가는 데 있어서 큰 도움은 못 되더라도 나는 정말 몸에 전율이 흐르는 것 같았어.

내가 생각하는 나는 논리적이지 않으면 별로 믿지도 보지도 않는 사람이었는데 이렇게 책에서 누군가 던지는 한마디에 영감을 얻기도, 인생을 바꿀 수도 있겠다는 생각을 하게 되었어. 또 책은 차갑게 냉철함을 주기만 하는 줄 알았는데 때론 따뜻함도 주기도 한다는 것을 알게 되었어.

그런 마음이 드니까 막 나는 내일 이렇게 해봐야겠다. 아 내일은 이런 것도 기록해야겠다. 하면서 다음 날을 기대하며 기다리는 날들이 많아졌어.

지금은 좀 그 뜨거웠던 감정들이 그때처럼 잘 나타나지 않는데 다시 그 느낌을 받고 싶어서 아침, 저녁에는 다음 날을 기대할 수 있게 만들어줬던 책들의 글귀를 머릿속에 떠올려. 지금 내가 '미루고 싶은 마음이 드는 것이 지금 가장 먼저 해야 하는 것일 수 있다.' 같은 글귀를 떠올리는 것처럼

나는 어릴 적부터 옷을 되게 좋아했어. 그래서 전부터 한 번 내가 원하는 옷들을 팔아보고 싶다고 생각했지. 하나씩 준비하고 있는데 나는 패션 전공자도 아니고, 그렇다고 관련된 일을 한 사람도 아니라 뭐부터 시작할 수 있을까 고민하다가 사진 찍는 법에 관한 책을 읽고 있어. 일이 어떻게 진행이 될지 모르지만 일단 내가 사진을 찍을 줄 알아야 한다고 생각해서 사진 잘 찍는 방법에 대한 글을 읽고 아침저녁마다 상상했어. 내가 그 일을 하고 있을 때 웃고 있는 모습들을 떠올리며……

나는 인간이니까 결국 언젠가 잊어버릴지라도 아침저녁으로 떠올리면 기억이 남지 않을까? 미루지 않고 두근거리는 마음으로 시작할 수 있지 않을까? 하는 마음으로 말이야.

이달에는 문제의 답을 찾을 때 그 답은 그렇게 멀지 않은 곳에 있다는 것을 알게 되었어.

'때론 이렇게 조금 멀리 떨어져 사는 게
서로에게 더 나은 게 아닐까 생각했어.'

삼월

집에서 나온 지 어느새 5개월이 지나 6개월이 되었어. 시간은 너무 빨리 흘러가는 것 같아. 그래서 이제는 돈으로도 살 수 없는 시간의 소중함을 느껴. 정말 잘 활용할 거야.

나는 문득 집에서 나온 첫날이 생각났어.

지푸라기라도 잡는 심정으로 움직이려 했던 순간들도, 마음이 찢어질 듯 아파 힘들었던 순간들도 다 조금씩 지나고 있구나! 약간의 안도감을 느꼈어.

내가 여기까지 오는데 가장 큰 영향을 준 건 역시 형인 것 같아.

사람들은 말하고 싶지 않은, 들키고 싶지 않은 각자의 아픔들이 다 있다고 생각해. 언제나 즐겁고 행복하기만 한 사람보단 때론 아프고 다쳐보기도 해봐야 한 걸음 더 나아 갈 수 있는 것 같아. 나는 그렇게 지금까지 성장할 수 있었어.

나에게 형제라는 의미는 보통 사람들과는 많이 다르고 멀었어. 형만 한 아우 없다는 말도 있잖아. 하지만 나는 평생 내가 더 나은 사람이라고 생각했어. 어릴 때 형은 나에게 마냥 무서운 존재였어. 나이 차이도 8살이나 났고 일 때문에 집에 계시지 않은 아버지 역할을 자신이 해야 한다고 생각했던 것 같아. 그런데 점점 내가 나이 들면서 형이란 사람이 한심해 보이기 시작했어.

어릴 때부터 술만 먹으면 엄마와 나를 괴롭히곤 했어. 늦은 새벽 시간에 집에 들어와서 큰소리를 내며 막무가내로 우리를 깨우고 나에게 정말 상처가 되는 말을 했어. 나는 그럴 때마다 어린 나이에 너무 무서워 이불 안에 숨고 귀를 막고만 있었어. 형은 술만 먹으면 자신이 입었던 상처들을 입으로 토해내곤 했는데 엄마는 그저 달래줄 뿐 나는 그런 모습들을 지켜보며 자라왔어.

내가 고등학생이 되고는 그런 일들이 자주 일어나지 않았던 것 같아. 물론 형도 시간이 지나며 조금씩 전보다 나아졌겠지만, 우리 대신 형수가 그 아픔들을 받아 주었을거야.

하지만 지금도 가끔 술을 먹고 하는 형의 그런 모습들을 보면 이제는 인간처럼 보이지 않더라. 크게 내색하지 않았지만 형의 그런 모습들을 이해할 수가 없었어. 누구나 저마다의 아픔이 있는 것인데 왜 저 사람은 서른 살 가까이 되는 나이에도 저렇게까지 과거에 머물러 아프고 슬픈 것일까? 왜? 힘들고 잊지 못하는 기억들도 시간이 지나면서 자연스럽게 그 당시에 느꼈던 감정보다 무뎌지는 게 당연한 거 아니야? 술을 먹으면 매번 그 아픔의 순간으로 돌아가는 걸 알면서도 그걸 인지하지 못하고 왜 저럴까? 왜 과거에 머물러 아파하고 그 아픔을 가족들에게 푸는 것이지? 아직까지 술만 먹으면 짐승처럼 아파하는 형의 모습을 보며 나는 많고 많은 생각을 했어.

난 이제 더는 신경을 쓰고 싶지 않았지만, 엄마는 형의 마음들을 아들이라는 이유 하나만으로 받아주고 이해해 줬어. 나는 엄마의 그런 모습도 잘 이해가 되지 않았던 것 같아.

그런 일이 자꾸만 반복되면서 밖에서 누군가 나에게 형제가 있느냐고 물어도 제대로 대답하지 않았어. "별로 안 친해서 몰라요." 정도? 또 형이 어떠한 말을 해도 잘 들리지 않았어. 그럴때마다 나는 속으로 '저 사람은 한심한 사람이야. 내가 더 나은 사람이고, 저 사람은 나이만 많지 나보다 나은 게 하나도 없어.'라며 속삭였어

나는 그래서인지 어린 시절부터 내가 아파도 가족에게는 말하고 싶지 않았어.

어느 날 그런 내가 궁금했는지 가족들이 내게 물어봤어. 왜 혼자 가슴에 묻고 살아 그게 더 힘들어. 그 이야기를 듣고 나는 분노에 차올라 그 자리를 박차고 일어났어. 그리고 속으로 생각했어.

'막상 내가 이야기를 꺼내도 이해 하려고 하지 못할 게 분명해. 자신의 아픔이 가장 최우선이면서 아닌 척하는 것 같아 보여.'

가족들은 내가 상담을 다니는 순간부터는 물어보지 않았어.

'알아서 잘 풀고 왔겠지.' 하면서.

한 편으로는 형이 부러운 적도 많았어. 방법은 잘못되었지만 뭘 부탁할 때도, 자신이 힘들다고 말을 할 때도 술술 이야기하는 형을 보면서 나도 사실은 힘들 때 어리광 피우며 가족에게 이야기하고 싶었던 내 마음을 알 수 있었어. 하지만 나는 이야기하고 싶을 때마다 저절로 한 걸음 물러서게 돼. 그렇게 싫다는 말도 할 수 없을 만큼 더이상 가족에겐 마음이 열리지 않았어. 나는 그런 순간마다 한걸음 물러나

가족을 원망하며 '내가 가장 정상이다.' 라고만 생각했어. 그리고는 더 아프고 이상한 사람처럼 보이려고 애썼어. 그럼 나를 위로해 주지 않을까 해서.

내가 가장 아파 보이고 싶었던 순간이 많아졌을 땐 형의 부인이자 나에겐 형수라는 사람을 만났을 때부터였어. 형수를 처음 만난 건 내가 중학교 3학년 때. 처음에는 사이가 그렇게 나쁘지 않았던 것 같아. 오히려 친한 쪽에 가까웠지. 사이가 급격하게 안 좋아진 건 고등학생 때부터 시작됐어.

내가 고등학교 1학년 때에는 학교 기숙사에 들어가 있어 별로 마주칠 일이 없었는데 내가 다시 살던 동네로 전학을 오게 되면서 다시 집으로 들어가게 되었어. 집에 들어가니 형수가 집에 살고 있었어. 사이가 멀어지기 시작한 건 이때부터였지.

샤워할 때도, 밥 먹을 때도 너무나 불편했어. 하지만 이 정도는 괜찮았어. 불편한 정도지 싫지는 않았거든. 하지만 어느 순간부터 저녁에 큰 소리가 들리곤 했어. 형이랑 형수랑 싸우는 소리였지. 물론 형의 잘못이었겠지만 나는 그냥 두 사람한테 다 화가 났어. 싸워도 하필 잠을 자야 하는 시간에 싸웠고, 그럴 때는 엄마가 항상 그 싸움에 개입이 되었어. 나는 그 싸움에 엄마가 있다는 게 너무나 화가 났어.

"나이 처먹고 집에서 뭐하는 짓들이야 대체!"라고 말하고 싶었지만 내가 할 수 있는 건 아무것도 없었어. 형이 무서워 그냥 방안에서 지켜보며 가슴이 터질 것 같은데 혼자 삭히는 것 밖에…… 그렇게 혼자 방안에서 한두 시간 정도 화를 다스리고 잠을 잔 적이 너무나 많았어.

나는 그런 상황에서는 형수한테 더 화가 났어. 형은 그렇다 치고 형수마저 저렇게 예의 없고 자신만 생각하는 사람 같아 보였거든. 그렇게 형수 또한 나에겐 형같은 사람이 되어버렸어.

그러다 종종 집에 가면 형수가 집에 없는 날도 있었어.

그런 날마다 엄마는 형이 잘못을 저질러 헤어졌다고, 그럴 때마다 형수에게 정말 미안하다고, 아들을 잘못 키웠다고 얘기했어. 아무래도 형과 형수가 헤어지지 못하는 이유 중 한 가지는 우리 엄마라고 생각해. 엄마와 형수의 관계는 누가 보면 딸과 엄마 같은 사이였거든. 엄마도 형수를 아끼고 딸처럼 대해줬고 형수 또한 엄마를 자기 엄마처럼 대했어.

그래서인지 2, 3일 후에 집에 들어가면 언제 그랬냐는 듯이 형수는 멀쩡히 집에 있었어. 나는 그 모습을 보고 너무 어이가 없어서 아무 말 않고 방 안으로 들어가 혼자 분노에 차올랐어.

그렇다고 형수에게 잘하고 싶은 마음이 들진 않았어. 엄마가 힘들어하는 순간들이 너무 잦았거든. 나는 저들 때문에 왜 엄마가 힘들어 해야 하나 너무 화가 났어. 사실 형의 그림자에 같이 있는 존재라 나에겐 더 눈엣가시가 된 것 같아. 이해할 수 있는 부분도 더욱 심술이 나고, 마주칠 때도 괜히 더 짜증이 났어. 하지만 나는 그냥 힘들어도 별생각 하지 않으려고 했어. 엄마에게 무뚝뚝한 남자 둘보단 딸 같은 저 사람이 있어서 엄마가 좋아하니까. 형의 여자친구는 형과 다르게 머리도 좋았고, 엄마가 좋아하면 됐지 라고 생각했어.

하지만 갑자기 가족들은 나를 자극 하는 말들을 했어. "왜 잘 지내다가 갑자기 그러냐?" "너한테 그래도 잘하려고 하잖니?" 라고 할 때부터였어. 나는 잠깐 울컥했지만 말하지 않았어. 나도 최선을 다해 배려했다고 생각했는데 내가 불편해하는 것만 보이는구나. 아...... 이제는 이성의 끈을 놓

앉어. 그 이후로는 얼마 남아있지 않은 마음마저 떠나버렸지.

같이 사는 사람과 가끔 보는 사람을 어떻게 같은 마음으로 대할 수가 있는지를 다 큰 어른들이 모른다는 게 화가 났어. 내가 싫다고 한다고 저 사람이 나가지 않을 걸 내가 모를 줄 아나? 나는 점점 그렇게 형수와도 멀어지게 되었고 가족 모두를 그냥 어른답지 못하고 어리숙한 인간들이라고 생각했어. 아니 이 집에서 정상적인 사람은 나뿐이라고 생각했지.

가끔은 잘 지내는 척 가면도 쓰고, 때론 잘 지내보려고 노력도 해봤지만 나는 결국 가족들에 대한 실망을 감출 수 없었어. 그런데 집에서 나온 이후로는 마주할 일이 없어 좋을거란 감정만 있을 줄 알았는데. 정작 미안한 감정들이 남아있어서 사실 마음 한 곳에서는 자꾸만 신경이 쓰여.

마음에 남아있던 제대로 씻기지 않은 진흙들이 파도에 휩쓸려 가듯 내 마음도 털어 낼 수 있으면 좋으련만. 어느 늦은 밤에 전화가 한 통 걸려왔어.

딱 잠들기 전에 전화가 걸려와서 누구지 하며 휴대폰을 확인하는 데 형이었어. 집에 나온 뒤로 연락도 별로 없었는데 갑자기 전화가 오니까 분명히 술을 먹고 전화를 할 게 뻔해서 받기가 싫었어.

아니나 다를까. 역시 술을 먹고 한 전화였어.

전화를 받자 목소리를 깔고 "너는 내가 연락 안 하면 절대 안 하더라, 지금 내가 얼마나 힘든지 아냐?" 하며 이야기를 시작했어. 나는 진짜 욕을 하고 싶었지만 상대하고 싶지 않아 대충 받아주었지. 그런데 이 늦은 시간에 당장 집에 가서 엄마를 깨우라는 거야. 나는 한숨부터 나왔어. 이제야 좀 살아보려고 노력하는데 왜 또 힘들게 할까? 그 순간은 너무 힘들었지만, 무슨 일인가 싶어 곧장 집으로 출발해 엄마를 깨웠지.

"대체 또 무슨 일이야?"

엄마는 그렇게 내가 집을 나간 후 있었던 일들을 말해줬어. 나는 그 이야기를 듣고 역시 사람은 쉽게 안 바뀌는구나 생각했어. 정말 형이라는 사람이 더욱 한심하게 느껴지더라구.

엄마는 형한테 전화를 걸었어. 그렇게 전화기 사이로 형과의 실랑이가 시작됐어. 그러다 갑자기 형은 울면서 또 자신의 아픔인 내 이야기를 꺼내기 시작했어. 나는 지금쯤은 형이 술 먹고 하는 말들에 익숙해졌을 줄만 알았는데 그날은 정말 최악이었어. 계속 그런 이야기를 듣자니 속이 거북해서 방 안에서 나왔어.

거실로 나온 나는 수많은 감정이 교차하고 있었어. 분명 조금 전까지 내 집에서 자려고 했었는데 갑자기 저런 말들을 듣자니, 이게 꿈인지 현실인지 구별이 되지 않았어. 머릿속에 형이 뱉은 말 한 마디 한 마디가 떠올라 너무 어지럽고화가 났어.

하지만 여기서 끝이 아니었어. 방에서 형수가 나오는거야. '나는 갑자기 이건 또 뭐지? 왜 싸웠다면서 여기에 있는 거지? 저 사람은 정말 갈 데가 여기밖에 없는 건가?' 하는 생각이 들더라고. 오늘은 극한까지 가니까 도저히 모든 것이이해가 되질 않았어. 이 사람들은 다 제정신이 아니야. 나는 왜 늘상 이런 평범하지 않은 상황들을 겪어야 하는걸까? 하며 마음 한구석이 너무 아팠어.

그렇게 또 혼자 찢어질 듯한 마음에 상처를 입고 소리라도 크게 지르고 싶었지만 내가 할 수 있는 말은 없었어.

"엄마 힘내, 일단 늦었으니까 나 갈게." 정도

미안한 마음이 있다는 것 하나 때문에 나는 결국 그 자리에서 아무렇지 않은 척 나왔어. 그렇게 다시 집으로 가는데 살면서 단 한 번도 느껴보지 못한 감정들이 들었어. 이 감정은 그들이 하는 행동이 이해가 되지 않는 마음 때문인지, 너무 화가 나서 소리치고 싶지만 그러지 못하는 지금의 상황 때문인지 그냥 다 알 수 없어 미칠 것 같았어. 가슴은 답답하고 찢어질 것만 같아서 그 순간 모든 걸 내려놓고 싶어졌어. 내가 집에서 나와 가장 열심히 쌓았던 '마음 강해지기', '잘 살아보기'의 모래성을 단 한 순간에 무너뜨려 잘 가던 길을 잃어버린 느낌이었어. 이 감정들을 한 단어로 정리하고 싶은데 아무런 단어도 떠오르지 않았어. "x 같네 xx"하며 혼자 시원하게 욕을 했지만 이미 상처만 남았을 뿐 더 나아지는 건 없었어.

하나부터 열까지 이 짧은 몇 시간에 벌어진 일들을 누군가에게 말하면 나을까 싶어, 친구 한 명을 새벽에 만났어.

나는 울분을 토하며 오늘의 이야기를 했어. 모든 상황의 이야기를 처음으로 밖으로 꺼냈어. 평소의 나는 이런 특별한 상황에 관해 이야기할 때 모든 걸 말하지 않았거든. 부끄러워서.

하지만 오늘은 정말 말하면서 후련했어. 내 편을 들어줄 사람이 필요한 게 아니라, 그냥 끝까지 들어줄 사람이 너무나 필요했거든. 오늘 있었던 일을 되짚어보며 이야기하는데 더는 화가 나지 않았어. 분명히 집에서 나올 때만 해도 화가 솟구쳤는데 이제는 화가 나지도, 미안하지도 않고 그냥 아무 감정이 들지 않아. 지금 이 감정을 토해내면서 그들에서 몸과 마음이 다 분리가 된 것만 같아 너무 후련했어.

나는 그렇게 그 두 사람에게 이제는 아무 감정도 느낄 수 없게 되었어. 나는 이성적인 사람이지만, 그 두 사람한테는 살면서 그러지 못했던 것 같아. 조그마한 행동에도 신경이 거슬리고 화가 나고…… 하지만 더는 미안하지도, 화가 나지도 않아. 감정의 울타리 안에서 벗어날 수 있었어.

사실 가족이라고 해서 다 부대끼고 살아야 하는 건 아니니까. 때론 이렇게 조금 멀리 떨어져 사는 게 서로에게 더 나은 게 아닐까 생각했어. 내가 집을 나와 잘 살아가고, 형과

형수도 잘 지낸다면. 나는 그게 우리가 가장 행복하게 살아
갈 수 있는 게 아닐까 생각해.

'가진 것 없는 사람이 돈을 벌려면
음지로 들어가야 한다면서
막 주절주절 떠들었어.'

사월

사월에 나는 지난달과 별다른 생활의 변화는 없었어. 여전히 좀 피곤하고, 미루려는 마음이 생기면 움직이려 노력했고, 가끔 마음이 힘들 때면 명상도 하고, 평소에 할 일들을 노트에 적어가며 기록도 했어. 만난 사람도 거의 없었어. 지난달과 생활방식을 비슷하게 가져가면서 사람을 마주칠 일이 거의 없었거든.

그래도 한 가지 생각나는 일은 있어. 사월 중순쯤 밥을 먹으러 나갔다 돌아오는 길에 오랜만에 아는 동생들을 만났어. 사실 별로 반갑진 않아서 그냥 모른 척 지나가려 했지만 먼저 알아보고 인사를 하길래 마지못해 나도 인사를 하고 이야기를 나누다 결국 카페까지 들어가게 되었어. 이제 성인이 된 동생들이랑 나랑은 나이 차이도 한 살밖에 나지 않아서 거의 친구처럼 지냈어. 카페에 앉아 먼저 "형 요즘은 뭐하고 지내?" 하고 묻는데. 나는 그 질문을 듣고 움찔했어. 이 때는 자존심도 굉장히 센 편이라 남들에게 보이는 걸 중요하게 생각했거든. 그래서 내 모습을 당당하게 이야기하지 못했어. 막상 나는 지금 집에서 나와 불안에 떨고, 일도 자주 하지 않고, 이제야 좀 내 생활을 만들어 가고 있는데...... 왠지 부끄러웠어. 그냥 잘 지내고 있다고 했지.

그 애들의 이야기 주제는 거의 돈에 관한 이야기이었어. 가진 것 없는 사람이 돈을 벌려면 음지로 들어가야 한다면서 막 주절주절 떠들었어. 원래 나는 그런 이야기를 듣고 있으면 지치고 힘들어 했는데 어쩐지 호기심이 생겼어. 사실 요즘 내 또래들도 비슷한 얘기들을 하니까.

나는 궁금해서 물어봤어. 돈을 그렇게 벌고 싶은 이유가 뭔지, 정작 제대로 된 대답은 아무도 하지 못하더라. 그냥 돈이 많은 게 멋있어 보였던 거겠지? 그러니까 점점 더 궁금해지더라고. 왜 돈이 많아야 하는 거지? 어느 정도가 돈이 많은 거지? 뭐 어림잡아 강남의 아파트 한 채, 멋있는 자동차 한 대 정도 있으면 많은 걸까? 나도 모르게 그런 이야기를 듣자니 혼자 흥분해서 입을 열었지.

당장 내가 하고 싶은 것, 좋아하는 것도 모르는 상황에서 돈을 어떻게 벌지부터 생각하는 건 좀 어긋난 게 아닐까? 하면서 막 잔소리를 했어. 아무도 좋아하진 않았지만 나는 그냥 혼자 떠들었어. 혼자 실컷 떠들다 집에 도착해서 생각나는대로 적어봤어.

돈이 삶의 수단이 아닌 목적이 되어버린 주객이 전도된 세상에서 살아가는 우리는 소 팔아 외양간 고치듯 살아가는 것 같다고, 지금은 어린 나이에도 미래에 대한 현실을 쉽게 예상할 수 있게 된 시대에 사는 것 같다고. TV만 틀어도 부유한 사람들이 보이고, SNS, 유튜브에도 부유해 보이는 것이 재산이 되어 자랑스럽게 여겨지는 시대니까.

과연 우리가 바라는 미래에는 돈만 있는 것일까? 거기엔 자신의 꿈은 없는 것일까? 궁금해졌어. 나는 부정하고 싶었어. 나는 그런 사람이 아니라고. 하지만 사실 나도 평생 돈을 많이 못 벌면 사람으로서 가치가 없다는 생각이 드는 것은 어쩔 수 없어.

돈 많은 사람을 보면 어떤 생각을 할까? 처음에는 부럽네, 두 번째도 부럽네. 정말 인정하기 싫었지만 그냥 그런 기분이 들었어. 어린 나이에 매일같이 클럽에 가서 테이블 잡고 술을 시키고, 비싼 자동차 타고 명품들을 사는 사람들을 흔하게 볼 수 있지만 대부분의 사람들은 그럴 수 없다는 것이 현실이니까. 어린 나이에 이런 현실을 깨달을 수 있다면 미래를 향해 나아가는 데 좋은 영향을 줄 수 있을까? 아니면 너무 일찍 알아버려서 현실을 포기하는 나쁜 영향을 주게 될까? 궁금해졌어.

그러다가 서울에 아파트 한 채 사기 힘든 현실을 보기보다 나를 믿고 나의 잠재력을 발굴한다면 언젠가는 내가 원하는 위치까지 도달할 수 있지 않을까? 믿어보기로 했어. 재력에 대한 욕심보다 앞으로 흰 백지 같은 지금의 내가 좋은 그림을 그려나가는 게 먼저라고. 그 사람들도 결국은 우리처럼 수많은 고민과 현실, 굴곡 많은 인생에서 불확실한 미래보단 자신을 먼저 발견했기 때문에 그만큼의 결과물을 얻어낸 것이 아닐까 하고.

1순위가 돈, 명예에서 벗어난 나는 결심을 했어. 20대에 내가 하고 싶은 걸 다 해보고 나서 정해도 늦지 않을 것 같다고. 하고 싶은 걸 경험하고 노력하다 보면 누군가는 결국 내가 만든 삶에 대한 그림을 사주는 날이 오지 않을까? 그럼 그 끝에 돈이 따라 올 거라는 생각을 했어. 사실 돈에 대한 욕심이 없는 사람이 이 세상의 어디에 있겠어.

사람들은 누구나 자신만의 잠재력이 있다고 믿어. 그래서 자신이 서울에 아파트 한 채도 사기 어렵다는 현실을 먼저 아는 것 보다 자신을 조금 더 믿고 발굴해 나가는 삶이 우선일 거라고 생각했어.

사월에 나는 조금 더 나은 내가 되려고 발버둥치고 있어.

5月

'살면서 한 번쯤 누군가 행복했으면 좋겠다
는 생각만 하지 내가 행복할 수 있을까? 라
는 생각은 한 적이 없었거든.'

오월

나 이제 슬슬 내가 많이 바뀐 게 실감이 나기 시작했어. 주변에서 밝아졌다는 소리도 자주 듣고, 열심히 살려고 하는 의지도 보인대. 살면서 듣지 못했던 말들을 자주 들으니까 처음에는 내가 정말 그런가? 했는데 점점 더 의욕이 생기는 것 같아. 정말 긍정적으로 세상을 바라보니까 몸도 마음도 건강해지고 있었나 봐.

오월에도 평소와 다를 것 없이 가끔 사람도 만나고, 책도 읽고, 청소도 잘하고 그렇게 지냈는데 한동안은 잠을 잘 자지 못했어. 보통 나는 10시간씩은 자는데 이땐 3시간, 5시간, 2시간 정도밖에 자지 못했어. 불면증일까 걱정이 되서 어느 날은 불면증 치료 음악으로 6시간 정도 되는 영상을 틀고 눈을 감았는데 그 영상이 끝날 때까지도 잠을 자지 못했어.

그런 시간이 자주 생기면서 잠을 자는 것을 그냥 포기하고 오히려 나를 돌아보는 시간을 가져 보았어. 평소에는 나는 나를 잘 안다고 생각 했는데, 정작 그 내면을 자세히 들여다 본 적은 없는 것 같아. 그러고보니 기분이 나쁠 때도 좋을 때도 항상 나는 상대방만 지켜보고 있었더라고. 저 말을 왜 할까? 저 행동을 왜 할까? 왜 거짓말을 하는데 표정을 저렇게 지을까? 저 사람은 기분이 나쁜 것 같은데 왜 아무 말도 하지 않을까? 하고.

나는 어떤 사람이든 표정을 숨길 수 없다는 생각을 하는데 하고 싶은 말은 많지만 하지 않는 사람들을 볼 때면 그 사람이 하고 싶어 하는 말들이 머리 위에 말풍선처럼 보이는 것 같았거든. 다른 사람들을 잘 관찰하는 덕분에 주변에서 눈치가 빠르다는 말도 많이 듣게 되는 것 같아. 그 사람이 뭘 좋아하고, 뭘 싫어하고, 당장에 듣고 싶은 말이 뭔지 짐작할 수 있는 게 결국 눈치가 빠른 거 아니겠어? 그런데 가족이든, 친구든 가까운 사람들까지 무의식적으로 관찰하는 습관이 생기니까 무척 피곤한 일이더라.

그러면서 이제까지 살면서 나를 그렇게 자세히 들여다 본적이 있었나 하는 생각을 했어. 좋은 기억보다 슬픈 기억이 오래 남는 건가. 나는 왠지 머릿속에 좋았던 기억은 찾아볼 수 없었어. 살면서 한 번쯤 누군가 행복했으면 좋겠다는 생각만 하지 내가 행복할 수 있을까? 라는 생각은 한 적이 없었거든.

항상 나를 불행한 사람은 아니지만, 행복과 거리가 먼 사람이라고 생각했어.

어느 순간부터 나는 보통 우울한 표정을 짓고 비관적인 말들을 자주 했던 것 같아. 문득 지금 내 모습은 어떨지 궁금해서 거울을 봤어. 전보다 나는 많이 괜찮아졌을까? 요즘은 좋아 보인다는 말들도 많이 듣고, 내가 생각하기에도 이전보단 밝고 긍정적인 사람으로 바뀐 것 같은데 혹시 그냥 괜찮아진 척을 하고 있는 건 아닐까 걱정이 되었어.

그런데 새로운 나를 발견했어.

길을 지나다 문득 한 사람이 생각이 났어. 그래서 먼저 메시지를 하고 약속을 잡았지.

선생님을 오랜만에 만나 좀 반갑기도 했지만, 집에 나와서의 일들을 말할까 말까 좀 고민이 됐어. 그런데 원래 나를 잘 아는 분이어서 고민하는 순간에 입이 먼저 움직였어. 그렇게 한 3시간 정도 이야기를 하며 올해 가장 많이 웃었던 것 같아. 많이 잘하고 있는 것 같다고 이야기도 해주시면서

욕도, 위로도 받으며 나도 모르게 그 시간에는 자꾸만 웃음
이 나왔어.

그렇게 잠시 넋 놓고 시간을 보내다 집에 돌아오는 길에 가
슴이 먹먹했어. 좀 슬픈 것 같은데 이상했어. 나 한참 웃다
왔는데 왜 슬프지? 씻고 나서도 자꾸만 마음이 답답했어.
머리 말리는 순간에도 자꾸만 가슴이 답답해서 대체 이 감
정은 뭐지? 느껴보지 못한 것 같은데 말로 표현이 안 됐어.
나 많이 외로웠었나?

오늘은 참 신기하긴 했어. 재밌어서 웃는 게 아닌 행복해서
웃는 거. 나는 절대 그렇게 웃지 않는데 오늘은 달랐고 짧
은 시간에 많이 기댈 수 있었던 것 같았어. 아... 나 그 시간
에 위로를 많이 받았구나. 나 좀 외로웠구나. 이제까지 집에
서 나와 외롭다고는 생각해본 적이 없어서 몰랐는데 외롭다
는 감정을 잊고 살았던 것 같아. 그래서 지금의 감정을 말로
써 표현할 수 없었어. 내가 느낀 힘들다의 감정이 결국 외롭
다는 거였구나. 이렇게 남이 아닌 나를 관찰해보니까 내가
미처 알지 못했던 나를 만날 수 있더라구.

이렇게 또 다른 나를 발견하니까 이제는 내가 나를 위로 해
줄 수 있겠구나 싶었어. 새롭게 바뀌어가는 모습을 보며 내

가 뿌듯함을 느끼고, 잘 살아보자는 의지도 생긴 거라면 이게 과연 행복이지 않을까 생각했어.

이제는 안 좋았던 기억이 아닌 좋은 기억들을 가슴에 하나하나 담아보려고 해. 결국 행복이란건 한 단어일 뿐이구나, 내가 행복이라 생각하면 행복이구나. 이제는 나도 행복해질 수 있어.

6月

'내가 나으려 노력하지 않으면
결국 아무것도 바뀌지 않잖아.'

유월

나는 유월의 시작을 SH(서울주택공사)에서 진행하는 청약 공고를 보고 지원을 하게 되었어. 새로운 집을 만나게 해달라고 기도하는 중이야.

평소에 나는 다른 사람한테 대단한 사람처럼 보이고 싶은 마음이 있는 것 같아. 지금은 조금씩 그런 것들에 신경을 쓰기 보단 별로 대단치 않더라도 당당하게 이야기하려고 노력하고 있어.

예전의 나는 속에 있는 이야기들을 잘 꺼내놓지 않는 사람이었어. 지금은 제법 내 이야기도 잘하고 나를 위로할 줄도 아는 사람이 되었어. 혼자만의 노력으로 얻어진 결과는 아닌 것 같아. 좋은 선생님들을 만나며 조금씩 조금씩 변하고 있었어.

내가 상담을 시작한 지는 이제 6년 정도 되었어. 물론 그동안 병원만 간 것이 아니라, 학교에서 만났던 심리상담 선생님도 있었고, 학교 밖에서 만났던 심리상담 선생님들, 마지막으로 병원에서 만난 선생님까지 많은 선생님을 만났어.

상담을 시작한 건 중학교 2학년 때였는데. 내 이야기를 누군가에게 밖으로 꺼내놓는다는 게 처음이었어. 항상 힘들어도 아픈 게 있어도 '말하면 안 돼!' 라는 마음속에 있었거든.

보통 학교에서 만난 심리 상담 선생님들은 학생들에게 인기가 많았어. 아이들이 갑자기 찾아와도 너그럽게 받아주시고 학생들을 편하게 해주니 쉬는 시간마다 학생들이 선생님을 만나러 갔지.

나는 학교에서 장난기 많고 친구들과 잘 지내고 때론 진지한 그런 학생이었는데 처음 상담 시간을 가졌을 땐 아무 말도 하지 못했어. 어른을 어려워 하는 것도 아닌데 어딘가 모르게 내 이야기를 할 때 방어기제가 나타났어. 그래서 첫 상담 시간에는 평소 학교생활, 친구들 이야기를 했어. 상담 선생님과 나는 잘 알고 있는 사이니까 그런 진중한 대화의 시간이 낯설게 느껴져서 그럴 때마다 농담도 자주 했어. 3번째 만나는 시간까지도 내 속에 있는 감정들을 꺼내 놓지 않고 숨겼어.

그러다 점차 선생님은 한 번 두 번 내 이야기를 시작할 수 있게 길을 열어줬어. 상담 선생님께서 겪었던 이야기, 느꼈던 감정들도 들으며 조금씩 내 얘기도 꺼내놓을 수 있었거든. 학교의 상담 선생님들은 내 이야기를 들으며 대신 아파해 주기도 때론 대신 축하도 해주며 마치 아들처럼 여겨주셨던 것 같아. 내가 정말 잘 되었으면 하는 바람에서 나오는 진심이 느껴졌어. 그렇게 내 속의 감정들을 이야기하는 방법을 배우게 되었어.

학교 밖에서 만난 선생님들은 조금 달랐어. 학교의 상담선생님들은 내가 어떤 학생인지 어느 정도는 알고 만나기 때문에 첫 만남이 그렇게 어색하지도 불편하지도 않았거든.

그래서 낯선 선생님과의 첫 시간이 무척 어색했어. 나를 소개하고, 내가 여기에 왜 왔고, 또 어떤 이야기를 꼭 해야만 하는 시간이었거든. 나는 정말 친한 사람한테조차 내 이야기를 잘 꺼내놓지 않는데 처음 만난 사람한테 이런 이야기들을 하라니 당황스럽고 한 편으론 좀 싫었어. 이때 내가 가장 많이 했던 소리는 '잘 모르겠어요' 였어. 밖에서 만난 선생님들은 나의 그런 모습에 대해 반응이 다 달랐어. 그냥 웃음을 짓는 선생님, 네가 모르면 누가 알지? 하는 선생님.

나는 내 이야기를 할 때면 되게 불안한 아이처럼 보이려고 살면서 한 번도 해본 적 없는 손톱 물어뜯기를 했어. 선생님이 쳐다볼 때는 더 세게 물어뜯는 척, 씹고 먹는척하지만 나는 원래 손톱이 길어. 남들이 보기엔 내가 미쳤다고 생각하겠지만 나는 내가 불안한 아이처럼 보이면 가족에게 심적으로 불안한 아이라고 말해줄 것만 같았어. 지금 생각해보면 그런 행동을 함으로써 가족에게 관심을 받고 싶었던 게 아닐까 생각이 들어.

그렇게 내가 어딘가 불편해하는 모습을 보고 편하게 해주려고 노력하는 선생님의 모습들이 보이면서 점차 나도 내 마음을 열기 시작했어. 처음엔 네. 아니요. 정도로만 대답하던 내가 어느새 먼저 가서 저는 이랬어요. 이땐 저랬어요. 하며 이야기하는 사람이 되었어. 내 이야기를 하는 것이 점점 두렵지 않고 부끄럽지 않아지면서 좀 더 편하고 가볍게 이야기할 수 있는 내가 되어 가고 있었지.

마지막으로 만난 선생님은 많이 달랐어. 나는 평소 심리상담에서 했던 것처럼 이제는 내 이야기를 가볍게 하며 대화를 시작했어. 그런데 내 생각과는 달리 선생님은 컴퓨터를 사이에 두고 앉아 뭐가 가장 힘드세요? 묻고는 이런저런 내 이야기들을 하고, 심리상태 검사도 하고 약도 줬어.

나는 처음에 이게 뭐지? 이런 약으로 나를 어떻게 치료하는 거지? 처음 겪는 일들에 살짝 당황했던 것 같아. 나는 처음에 약을 잘 먹지 않았어. 내가 마음이 힘든 사람처럼 보이기 싫었거든. 그래서 약을 버리고 나에게 솔직해지기로 했어.

나는 알고 있어. 내가 마음이 그렇게 힘들지 않다는 것을 하지만 나는 마음이 힘든 아이라고 보여지고 싶었어. 사실 마음의 병에 유일한 백신은 자기 자신밖에 없다고 생각해. 심리상담을 하는 것도, 약도 결국은 잠깐의 진통제 같은 역할이라고 생각하거든. 내가 나으려 노력하지 않으면 결국 아무것도 바뀌지 않잖아. 그렇게 나는 조금씩 살아가고 싶은 열정이 생기면서 병원에는 가지 않았어.

그렇게 나는 점점 병원과도 멀어지며, 이제는 상담에 가서도 정말 선생님과 친한 사람처럼 일상적인 대화도 나누고 저 이때 힘들었어요. 이럴 때는 어떤 게 더 좋을까요? 하며 평범한 이야기들을 나누곤 해.

'혼자 힘으로 하나하나 구매해서
직접 설치를 해보고 싶어졌어.'

칠월

지난달 SH 청약 결과 발표가 나왔어. 결과는……

'당첨'

처음엔 실감이 나지 않았어. 이 전에도 몇 번 했었는데 항상 깜깜무소식 이었거든. 이번엔 정말 간절한 마음이었는데 신기하게도 되다니. 너무나 감격스러운 한 달이 되었던 것 같아. 이렇게 좋은 소식은 가장 먼저 엄마에게 전했어. 집을 나와서도 항상 좋고, 기쁜 소식을 알리고 싶을 땐 엄마가 먼저 떠오르거든.

그러니까 칠월은 새로운 환경을 만들어 준 집을 만난 달이야. 입주 전까지 마음이 좀 설레었어. 이제 드디어 집 같은 집을 얻었구나. 약간의 안도감을 느꼈어.

나는 이제야 알 것 같아. 집이 왜 중요한지. 살만한 환경을 받쳐주는 집을 만나니까 마음가짐도 달라지고 안정감도 생기는 것 같아. 이렇게까지 집의 소중함을 느끼지 못했었는데 지금은 이런 것이 정말 중요하다는 것을 알게 되었어.

처음 집에 입주하기 전 다시 시작 하자는 마음으로 모든 걸 초심처럼 꼼꼼히 계획을 세웠어. 막상 그런 마음으로 집에 처음 입주했을 때는 분진 가루 때문에 며칠 좀 고생을 했지만.

나는 이사가 이렇게 까지 힘든것인지 몰랐어. 청소업체 불러 청소를 해도 가루들이 남아있어 또 다시 뒷정리 청소를 하고 이게 정말 보통 일이 아니더라. 며칠 청소를 계속해서 했어. 약 9평 정도 되는 집도 이렇게 힘든데 엄마는 어떻게 그렇게 큰 집의 이사를 혼자서 다 했을까? 자식들까지 챙기면서…… 그런 생각을 하니 살짝 죄송한 마음도 들었어.

그래도 제대로 된 나의 첫 집을 만난 거니까 인테리어 업체를 불러서 가구를 설치하는 것보다 혼자 힘으로 하나하나 구매해서 직접 설치를 해보고 싶어졌어. 설레는 마음으로 가구 조립도 하고, 파티션도 설치하고, 커튼도 달고, 모든 가구들을 혼자 배치하고, 정리하고 그렇게 4주 정도 고생하니까 이제 정말 내 집이 된 것 같아 거의 다 정리가 끝날 때쯤 약간 울컥하더라고.

1년도 되지 않는 동안 세 번의 이사를 했던 순간들이 스쳐갔지. 그 전에 살았던 공간들도 생각 나고, 마음이 힘들었을 때도 있었는데 정말 다 스쳐지나가는구나. 그러다보니 지금 여기까지 오게되었네. 그때의 마음을 떠올리며 위로하고 더 앞으로 나아가자고 마음을 단단히 먹었어.

정리도 마치고 정말 이번 달은 새 출발 하는 달이 된 것 같아. 그냥 집에 있었더라면 내가 이런 소소한 기쁨, 뿌듯함, 실행력, 의지, 감사함 같은 것들을 느끼지 못했을 것 같아.

나는 집에서 나와 많은 여정을 거처 여기까지 오게 된 것 같아. 앞으로는 더 힘차게 살아볼게.

파이팅!

'하지만 내가 용기 내서 한마디 건넸을 뿐인데
두 분은 정말 좋아해 주었지.'

팔월

아빠.

아빠는 언제 가장 큰 변화가 있었어? 자식이 생겼을 때? 결혼을 했을때? 승진을 했을때? 나는 이번 달인 것 같아. 사람은 정말 쉽게 바뀌지 않지. 그래도 나는 이번 달에 조금이 아닌 많은 변화가 있었던 것 같아.

팔월은 내게 인생에서 가장 큰 변화의 한 달이었어.

이제 카페에는 거의 나가지 않던 와중 새로운 일을 시작하게 되었는데 일을 하게 된 곳은 을지로 방산시장에 있는 한 독립서점이야. 처음 책방에 도착했을 때는 되게 신기했어. 많은 점포를 지나 어렵게 도착을 했는데, 책방 불빛은 유독 눈에 띄었어. 다른 곳은 문이 닫혀있거나, 흰색 불빛을 띠고 있었는데 이곳은 유일하게 노란 불빛이었어. 미로 같은 길들을 지나 도착했을 땐 책방 사장님이 계셨어.

처음 사장님과 만나는 날은 긴장한 상태로 책방에 가서 그런지 조금 밖에 대화를 못 나눴어. 그렇게 첫 만남은 긴 시간 같이 있진 않았지만 서로 약간의 호감을 느낀 것 같아.

사장님은 혼자 속삭이셨어.

"왜 재밌지?"

나는 마음속으로 속삭였어.

'너무 신기하고 나랑 다르다. 좋은 사람일 것 같다.'

처음에는 나와 너무 다를 것 같다는 생각을 했어. 왠지 책방에서 일하는 대표님과 사장님은 정말 좋으신 분인 것 같아 보였어. 나는 이때까지만 해도 그다지 괜찮은 사람은 아니었던 것 같아. 그래도 이런 분들과 같이 있으면 어떨지 좀 궁금하기도 했어. 나와 정반대일 것만 같은 사람과 같이 일하면 어떤 기분일까 궁금했지.

이제는 첫 출근날이 되었어. 그날은 대표님과 책방에서 정식으로 만나는 날이었어. 난 너무 어색한 나머지 말도 잘 못하고 대답만 했던 것 같아.

책방에서 어떤 일을 할지 이야기하며 책방에서 하는 일들을 설명해 주셨는데 책방은 책만 파는 곳만이 아니었어. 책을 읽고 책 소개하는 일, 북토크, 북클럽, 각종 행사에도 나가고…… 책방에서 하는 일은 내가 한 번도 접해보지 못한 일들이라 신기했어. 음 내가 생각하는 책방의 일은 책 옮기기, 책 정리하기, 책 읽기, 책 팔기 이런 것들을 생각했는데 이렇게 다양한 일을 하는지 몰랐어.

사장님이 대표님과 서로 이야기를 나눈 뒤 내가 책방에서 일하는 동안 어떤 거라도 얻어갔으면 하는 마음이라며 내가 하고 싶은 걸 찾으면 좋겠다고 하셨어. 나는 당장 머릿속에서 잘 떠오르지 않았지만 일주일 동안 곰곰히 생각했어. 내가 과연 이곳에서 무엇을 얻어 갈 수 있을까?

수많은 생각을 하고 사장님과 대표님을 다시 만나는 날 내가 이런 이야기를 했어.

"저 글을 한번 써보고 싶어요."

두 분은 이 이야기를 듣더니 깜짝 놀라 나에게 막 질문을 던지기 시작했어. 내가 책을 내고 싶다고 이야기했을 뿐인데 두 분은 마치 자기 일처럼 웃음을 지으시며 좋아해 주었어. 나는 그 순간이 잘 잊혀지지 않을 것 같아.

처음 만난 날 나는 두 분과는 조금 다른 사람인 것 같다고 느꼈어. 그런데 그때 내 일을 자신들의 일처럼 생각하고 질문도 해주고 해보자고 용기도 주는 그 표정과 말들이 10분만에 나를 두 분에게 빠져들게 했어. 나는 나와는 성격이 달라 잘 맞지 않을거라 생각한 것이 어리석게 느껴졌어. 성격이 다를 뿐, 사람이 다른 건 아니니까. 지금 보면 비슷한 게 더 많을 수도 있는 것 같아.

처음엔 그 어색한 기류 사이에서 나는 정말 뭐랄까 헤쳐나가는 마음보다는 좀 회피하려고 했던 것 같아. 하지만 내가 용기 내서 한마디 건넸을 뿐인데 두 분은 정말 좋아해 주었지. 이런 생각이 들었어.

'아 내가 적극 다가가지 않으면 아무것도 바뀌지 않는구나.'

그렇게 이제는 글도 쓰고, 다양한 사람들도 만나고 책방에 가는 게 어색하지 않게 되었을 때쯤 혼자 감동을 한 기억이 있어.

우리는 보통 다 같이 밥을 먹곤 하는데, 한 번, 두 번, 세 번 먹다 보면서 배려해 주는 게 눈에 보였어. 아무리 자식뻘이라고 해도 정말 가족같이 대해주었지. 배고프실 텐데 항상 내 음식부터 챙겨주시고, 항상 마지막 음식이 있어도 그냥 나 먹게 놔두는 느낌을 받았어. 이런 사소하지만 쉽지 않은 배려들을 받으며 나도 다른 곳에 가서 따라하게 되고 그런 작은 것 하나하나에 점점 더 감동하게 되었어.

책방에서 얻은 것들은 너무나 많은 것 같아. 이제는 내가 느낀 감정을 말로 표현도 잘하고, 전달할 수 있게 되고, 가장 중요한 건 일을 하면서 내가 많이 밝아졌다는 거야.

내가 보기에 보통 책을 좋아하는 사람들은 좋은 사람들이 많았어. 그런 사람들 옆에 있으니 나도 저절로 그렇게 되어가는 것 같아. 내가 가장 바꾸고 싶었던 부분인 매사에 비판적이고 우울한 느낌들은 혼자 애써 고치려 할 땐 어려웠어. 그런데 이곳에서 일하면서 의식하지 않아도 저절로 바뀌고 있는 것 같았어. 정말 주변에 좋은 사람들이 많아지니 나도 좋은 사람이 되어가는 것 같아.

일하면서 책을 많이 읽고, 대화도 많이 하고, 책방에 오는 사람들도 많이 만나보면서, 나는 항상 옳은 답만이 아니라 다른 사람의 생각도 경청하며 듣는 법, 내가 조금 밝은 사람이 된 것, 책을 통해 여러 가지를 생각할 수 있게 된 배움의 시간이 된 것 같아. 꼭 기술만이 배움은 아니니까.

책방에서 일하게 되면서 정말 머리에 많은 생각을 천천히 적어가며 읽고 또 정리할 수 있는 시간이 된 것 같아. 나는 이 생각들을 정리한 것이 시험에 합격한 것과 비슷할 정도의 기쁨이었거든.

이렇게 변화하는 계기가 많아지면서 내가 정말 많이 바뀌고 있는 것 같아.

'그렇지만 이제는 그때 마다의
상황들을 이해해보려고 해.'

구월

아빠는 살면서 돌아가고 싶은 순간이 있어?

다른 누군가에게 물어본다면 그 순간은 언제일까?

공부를 열심히 못 했던 학생 시절? 가정에 소홀해 가족들과 헤어졌을 때? 한 번의 실수로 모든 것을 잃었을 때?

나에겐 그런 때가 너무 많았지만 이제는 돌아가고 싶은 순간이 없어. 집을 나와서 행복을 찾아가고 있고, 많이 안정을 찾은 것 같거든. 매 순간 아쉬워하지 않고 지금은 나를 아끼며 보살펴 줄 수 있게 되었으니까. 아직 부족한 나지만, 이제는 사람을 존중할 줄도, 사랑할 줄도 알게 되었어.

비록 1년이라는 짧은 시간이지만 그동안 내게 많은 변화가 일어났어. 이렇게 한달씩 그동안의 일들을 정리하다 보니 지금은 12번의 시간을 지나 내가 엄청나게 커진 것 같은 기분이야.

우리 가족은 특별한 상황들 때문에 평범하지 않은 삶을 살게 되는 것 같아. 모든 것이 용서가 되지 않아. 그렇지만 이제는 그때 마다의 상황들을 이해해보려고 해.

나에게는 아빠에 대해서 따뜻했던 기억들도, 슬펐던 기억들도 없는 것 같아. 아빠와의 추억이 많은 사람을 봐도 나는 딱히 부럽다는 생각은 하지 않았던 것 같아. 그냥 신기한 정도랄까?

가끔 통화해도 서로 어색해서 몇 마디 주고받지 않은 채로 전화를 끊었지. 우리는 사실 한 번도 '사랑해' 같은 말을 해본 적이 없잖아. 생각조차 해본 적 없는 것 같아. 그렇게 무뚝뚝한 사이이긴 하지만 아빠가 자식을 생각하는 사람이라는 것 정도는 알 수 있어. 말로는 표현이 잘 안 되지만 한 가지는 확실히 알아. 자식을 사랑하는 사람, 자식이 최우선인 사람

내가 30일 정도 만난 사람보다 아빠에 대해 할 이야기가 더 없는 건 아이러니하지만 정말 아빠와의 추억은 별로 없네. 내가 살아오면서 아빠라는 존재는 그만큼 크지 않았어.

기억나는 게 한 가지 있는데. 내가 7살에 가족사진 찍으러 갔을 때가 기억나. 그날도 참 다사다난했던 것 같은데. 갑자기 비도 오고, 엄마는 아프고, 형은 팔을 다쳐 깁스를 한 상태였고, 아빠는 그날 무척 예민했어. 아직도 그날의 기억이 생생해. 우리는 분명 가족사진을 찍으러 갔는데 그 사진에는 누구도 웃고 있지 않았어. 누군가 그 사진을 보면 식구들끼리 싸웠다고 오해할 정도로.

또 아빠와 가끔 만날 때마다 아빠 차에 타면 항상 고급스러운 냄새가 났어. 그 냄새를 맡았을 때는 왠지 마음이 안정되었어. 가족 모든 구성원이 모여 있던 차 안의 그 냄새가 그냥 기억이 나.

아빠는 엄마와도, 형이랑도 같이 살아봤지만, 나랑은 그런 적이 없어. 오늘 한 번 상상을 해봤는데 역시 쉽지는 않을 것 같아.

아빠는 자식의 부탁이라면 한걸음에 달려올 사람일거라 생각해. 그 마음을 알아서 한 번도 아빠를 싫어하거나, 나쁘다고 생각하지 않았어.

그냥 자주 만나지 않는 아빠

지금까지 내가 집에서 나온 뒤로 이 1년 동안은 나에게 있어 일어날 수 없는 큰 변화들이 있었어. 내가 나아갈 수 있도록 도와준 인연들, 그리고 애써준 나.

힘들 때, 기쁠 때, 도망치고 싶을 때 마다 내가 나를 잘 보살피고 데려와서 여기까지 올 수 있었다고 생각해. 앞으로도 힘차게 살아갈 거야.

아빠도 나처럼 20대에 고민이 많았겠지? 만약 기억나는 일들이 있다면 나에게도 이야기해 줄 수 있는 날이 오면 좋겠다.

집에서 나왔습니다

초판 1쇄 발행 2023년 10월 13일
초판 2쇄 발행 2023년 11월 25일

글쓴이   김민권
               instagram @m_writeabook

편집 디자인   그래서
               instagram @glaeso_book

일러스트   시원
               instagram @postcardfromsw

펴낸곳   그래서
               제2019-000035호
               서울시 중구 동호로37길 20 A동 2층 132호
               glaesobooks@gmail.com

ISBN   979-11-971577-4-5(03800)